A MON PÈRE,

ET

A MA MÈRE.

J.-C. Dabas.

Imprimerie de J. Smith, rue Montmorency, n° 16.

UNIVERSITÉ DE FRANCE.

ACADÉMIE DE PARIS,

FACULTÉ DES LETTRES.

THÈSE DE LITTÉRATURE.

Aristophane.

ARISTOPHANE.

Ἐποίησε τέχνην μεγάλην......

(Εἰρήν., ς. 750.)

Le premier comique de la Grèce a été long-temps fort mal apprécié par nos critiques. Il est facile de trouver la cause de cette injustice littéraire. Quand on veut juger un écrivain ou un ouvrage, il faut les considérer dans le temps, dans la société où ils se sont produits ; c'est la loi générale de toute critique consciencieuse. Ainsi, pour juger Aristophane, il faut entrer franchement avec lui dans la société d'Athènes, dans son gouvernement, dans ses mœurs et ses habitudes, et n'y point apporter des préjugés d'un autre âge, des règles faites d'après Térence et Molière. Autre temps, autre société, autre comédie. Le critique moderne, qui vient appliquer sa règle unique à des œuvres dramatiques d'une forme et d'une nature étrangères, me rappelle ce géomètre des *Oiseaux*, qui veut toiser la ville des nuages et ses murailles fantastiques. Laissons Marmontel et Laharpe prononcer sur le théâtre d'Athènes au siècle de Périclès, d'après les lois du théâtre français aux dix-septième et dix-huitième siècles. Ils n'ont vu dans Aristophane qu'une indécence et une bouffonnerie qui les ont révoltés. A part l'indécence que nous ne voulons pas justifier, savaient-ils bien ce qu'ils blâmaient? Rabelais aussi était un bouffon. Il est vrai que Voltaire, qui traitait le comique ancien de *misérable bateleur*, ne vit d'abord dans Rabelais qu'*un philosophe ivre, écrivant pendant son ivresse* (1) ; mais plus tard il revint sur ce jugement un peu téméraire, et l'appela *le premier des bons bouffons.* Eh bien ! Aristophane est un bouffon de la même espèce, et plus d'une ressemblance le rapproche de notre joyeux romancier (2).

Nous ne dirons pas seulement d'Aristophane qu'il fut un satirique malin et spirituel ; c'était un merveilleux génie, orné par la nature des dons les plus variés. Il se distingue par trois grands caractères, le *sérieux*, la *poésie* et le *bouffon*. A un esprit plein de raison et de sens, il joint les inspirations les plus sublimes ou les jeux les plus brillants de l'imagination ; puis la gaîté la plus folle et souvent, il faut le dire, la plus grossière et la plus licencieuse. Ces qualités si distinctes ne sont pas inconciliables ; témoin Rabelais, témoin Shakspeare, créateur d'Hamlet, de Falstaff et de Titania.... Mais c'est toujours un don rare, un privilége de quelques grands génies ; ce fut celui d'Aristophane.

Chez lui le sérieux est dans l'intention de la comédie, au fond de la satire ; la poésie est souvent dans les chœurs, et souvent aussi dans les conceptions ; le bouffon est partout, comme une parodie de tout le reste : aussi nous comptons finir par le bouffon, et nous allons commencer par le sérieux.

(1) On a dit la même chose d'Aristophane, dans un sens moins figuré. *Voy.* Athénée, *Deipnosoph.*, liv. X, ch. 9. — Platon, dans le *Banquet*, le représente comme un buveur tout dévoué à Bacchus et à Vénus.

(2) M. Lemercier, qui, après Schlegel, a le mieux compris Aristophane, a très-bien fait sentir les rapports de ce comique avec Rabelais. Voy. le *Cours analytique de Littérature* de M. Lemercier. — Ménage était du même avis quand il fit cette épigramme :

Γινώσκειν ἐθέλεις οἷος Ῥαβελήσιός ἐστιν ;
Λουκίανος μιχθεὶς ἐστιν Ἀριστοφάνει.

PREMIÈRE PARTIE.

SÉRIEUX.

.... Ἔστιν ἡμῖν λογίδιον γνώμην ἔχον,
Ὑμῶν μὲν αὐτῶν οὐχὶ δεξιώτερον,
Κωμῳδίας δὲ φορτικῆς σοφώτερον.

(Σφῆκ., ϛ. 64.)

BUTS DIVERS ET FORME ALLÉGORIQUE DE LA SATIRE D'ARISTOPHANE.

La satire d'Aristophane est multiple dans son but; elle attaque et les hommes et les dieux; elle est *politique*, *morale*, *philosophique*, *littéraire* et *religieuse*.

Sans doute tous ces éléments ne sont point séparés dans sa comédie, ils s'y mêlent et s'y confondent sans cesse. Si nous l'analysons, ce n'est pas qu'il divise lui-même ni sa satire ni son génie; c'est pour mieux l'étudier, pour mieux le connaître dans son infinie variété.

Avant d'entrer dans chacune de ces divisions, nous dirons quelques mots sur la forme que revêt le plus souvent la plaisanterie de notre comique.

On a regardé ses pièces comme des *satires allégoriques*, et en effet l'*allégorie* y joue un grand rôle. D'où vient cette forme de prédilection? dira-t on qu'attaquant les citoyens et le gouvernement, Aristophane avait besoin d'un voile qui couvrît un peu sa raillerie? Mais pourquoi ce voile serait-il si transparent? Non, le satirique savait trop bien s'exprimer avec une rude franchise, et proclamait hardiment toutes ses opinions. A côté de l'allégorie n'admet-il pas la satire personnelle? il ne désigne plus par figures et par allusions, il jette des noms propres sur la scène, il outrage les personnes en les montrant au doigt ; là bien certainement on ne dira pas qu'il use de réticence ; et d'ailleurs, les satires les plus allégoriques d'Aristophane sont peut-être celles qui demanderaient le moins d'adoucissement. *La Paix* reproduit seulement une idée politique qu'il avait plus d'une fois exprimée. *Le Plutus* est une comédie presqu'entièrement morale ; il faut donc chercher au fait dont il s'agit une autre explication. D'abord une satire qui tournait en ridicule non seulement des individus, mais des classes entières, des associations et des systèmes, devait nécessairement employer la *personnification* et l'*allégorie*. Veut-elle représenter, dans sa vie et son action, le peuple des assemblées, la multitude à une obole (1) ? elle est obligée d'en faire un personnage, et de lui composer une figure qui reste comme un type. Veut-elle peindre l'éducation sophistique ? elle ne peut mieux faire que de nous offrir le juste et l'injuste personnifiés, argumentant l'un contre l'autre avec toutes les ressources de la raison et de la mauvaise foi.

Ajoutez à ce premier motif le charme que devaient trouver les Athéniens dans une forme si vive, si bien faite pour séduire leur imagination. L'allégorie maintenant usée, est devenue pour nous presque froide et choquante ; mais rappelons-nous qu'elle eut son règne aussi dans nos sociétés modernes. On sait à quel point elle fut chère au moyen âge ; alors elle était partout, dans les satires et les poèmes, dans les soties et les moralités. Rien de plus ressemblant à la dispute du *Juste* et de l'*Injuste*, que les discussions théologiques des *Vices* et des *Vertus*.

Mais laissons de côté la forme pour nous occuper du fond, et voyons ce que renferme cette satire allégorique.

I. SATIRE POLITIQUE.

La comédie d'Aristophane est avant tout une comédie *politique*. Chez les Athéniens, qui n'avaient guère que la vie publique et presque point de

(1) Οἱ πολλοὶ τοῦ ὀβολοῦ.

vie privée, on s'occupait des affaires de l'état, non pas seulement sur les places et dans les assemblées, mais encore dans les fêtes et sur le théâtre. Le peuple aimait à entendre un poète comique qui traitait en plaisantant les mêmes questions que ses orateurs, qui distribuait à son gré l'éloge et le blâme, qui faisait rire chacun aux dépens de tous, et tous aux dépens de chacun. Aristophane usa largement de ce privilége ; il railla les Athéniens et les Athéniens applaudirent. Dans notre comédie moderne, l'avare que l'on joue sur la scène se moque de son image, mais ne s'y reconnaît pas. Dans la comédie d'Aristophane, le peuple, honteusement bafoué, se reconnaissait et se moquait de lui-même (1). La démocratie était encore assez traitable, et le poète qui travaillait à la ruine de ce gouvernement, n'y devait rien gagner que la répression de sa muse licencieuse ; mais il fallait en venir là.

Une démagogie ambitieuse et intempérante avait remplacé dans Athènes la démocratie sage et modérée qu'avait instituée Solon. Aristophane essaya de la corriger, ou du moins voulut se venger de sa puissance et de son fol orgueil ; il prit la défense de l'aristocratie opprimée. Il est vrai qu'il était personnellement intéressé dans la querelle politique. Il avait des biens à Égine, et dans une république comme celle d'Athènes, un homme qui possédait devait être, par sa position sociale, ennemi de ceux qui ne possédaient point, et qui néanmoins étaient les plus forts. Mais il vaut mieux peut-être le regarder comme un philosophe qui signala les abus avec désintéressement, qui accusa les vices de la démocratie alors qu'elle dominait, et qui eût accusé de même ceux de l'oligarchie, si celle-ci eût été aussi patiente, alors qu'elle dominait à son tour. Il était si peu dévoué à ce dernier pouvoir, qu'il applaudit à sa chûte, lorsqu'il fut renversé avec les quatre cents : « C'est pour avoir le moyen de voler, disait-il, que « Pisandre et les autres ambitieux suscitent continuellement de nouveaux « troubles ; qu'ils fassent maintenant tout ce qu'ils voudront, ils ne tou-

(1) Aristophane fut cependant condamné, sur l'accusation de Cléon, pour avoir livré le peuple d'Athènes à la risée des étrangers. Les Athéniens voulaient bien qu'on les raillât, mais en famille.

« cheront plus à cet argent » (1). Sans doute il ne faut pas l'en croire sur sa parole, quand il se défend, en plaisantant, d'être aristocrate; mais il y a une distinction à faire entre l'aristocratie et l'oligarchie. Aristophane aimait l'aristocratie telle que la définit Aristote, *une forme de gouvernement où commandent ceux qui ont reçu la meilleure éducation* (2). Du reste, il semble détester la tyrannie, sous quelque forme qu'elle se présente. Il ne veut pas plus d'Alcibiade que de Cléon, de Pisandre que d'Alcibiade. S'il dirige tous ses efforts contre le peuple, c'est que de son temps le peuple est le *tyran*, comme le disait Cléon à l'assemblée publique, en lui conseillant de maintenir par la violence son pouvoir usurpé (3).

Pour comprendre Aristophane, il faut lire Thucydide: ce sont deux historiens qui s'expliquent l'un par l'autre.

Alors il se livrait une grande bataille, un combat à mort entre la démocratie et l'oligarchie. « La Grèce fut tout entière ébranlée. Elle se trouva » divisée en deux factions; celle du parti populaire invoquait Athènes; » celle du petit nombre, Lacédémone (4). » Telle fut presque toute la guerre du Péloponnèse. On ne se battait pas seulement de ville à ville, on se battait dans chaque ville, de faction à faction. Aristophane sentit le besoin de relever, pour le maintien de l'équilibre, une des parties de la constitution athénienne, l'aristocratie qui se ruinait et s'écroulait. Ce fut là, chez les Athéniens, l'idée politique de presque tous les hommes illustres, de Socrate, de Thucydide, de Platon, d'Aristote.

Parmi les comédies de notre poète, celles qui parlent en faveur de la paix, et celles qui attaquent plus ouvertement le gouvernement populaire, furent composées dans la même intention. La question de la paix était une question fort importante; car, sans parler des maux inévitables que la guerre entraînait, elle était dirigée par la haine des partis; elle devait briser tout-à-fait l'accord qu'il aurait fallu rétablir entre les deux éléments

(1) Nous empruntons, ici et dans la suite, la traduction de M. Artaud.

(2) Aristote, *Rhét.*, liv. I, ch. 8.

(3) Thucydide, liv. III, ch. 37

(4) *Id.*, liv. III, ch. 82.

de la constitution ancienne; elle devait tuer l'un des deux partis pour faire triompher l'autre. Lisez l'histoire d'Athènes : ou bien c'est le peuple, ou bien c'est l'oligarchie qui l'emporte, et, tour-à-tour, ces deux pouvoirs exclusifs dominent par la tyrannie. Voilà ce qu'aurait empêché le comique, s'il avait pu. Jamais il ne négligea l'occasion de conseiller la paix. Après six ans d'incursions et de ravages sur le territoire de l'Attique, il fait jouer *les Acharniens*. Sept ans après, quand les Athéniens et les Lacédémoniens déjà fatigués d'un court repos, commencent à rompre, par une guerre secrète, la trève de Nicias, il fait jouer *la Paix*. Enfin, dans la vingt-unième année de la guerre, après un long épuisement et de terribles malheurs, quand le peuple vient d'échapper vainqueur à l'oligarchie, il tente un dernier effort, et fait jouer *Lysistrate*. Pour arriver à ce but politique, il n'est pas de moyen qu'il n'emploie : le ridicule, la satire personnelle, la plaisanterie indécente, tout lui est bon. Cette fameuse guerre du Péloponèse, si grande par les idées qu'elle met en lutte, si grande par son historien, voyez comme il la fait petite, comme il la calomnie ! « C'est pour trois courtisanes, dit-il, que Périclès, nouveau dieu » de l'Olympe, fait gronder son tonnerre, et remue toute la Grèce (1). » Cependant laissons jouer son rôle au satrique ; il est injuste peut-être, mais il va droit à son but. Et puis il n'est pas toujours si injuste. Il est vrai, quand il nous peint avec l'éloquente vivacité de Démosthène, la susceptibilité nationale des Athéniens *prêts à équiper*, s'il le fallait, *trois cents galères pour un petit chien qu'on aurait enlevé à ceux de Sériphe*. Il est vrai, quand il ose dire que les Lacédémoniens *ne sont point les auteurs de tous les maux*, *et qu'eux-mêmes ils ont eu plus d'une fois sujet de se plaindre*. Tout en jurant qu'il les déteste, il prend avec beaucoup d'adresse et d'esprit le parti de *ces renards*, de *ces singes cruels*, de *ces loups dévorans*. Il cherche même à intéresser les Athéniens aux malheurs de leurs ennemis ; il surprend leur pitié en faveur du pauvre Mégarien

(1) Ἐντεῦθεν ὀργῇ Περικλέης οὐλύμπιος
Ἤστραπτ', ἐβρόντα, ξυνεκύκα τὴν Ἑλλάδα.
(Ἀχαρν., ς. 542.)

Cratinus appelait Aspasie *la Junon du Jupiter athénien*.

qui, pour ne point mourir de faim, vend ses deux filles au prix d'une botte d'ail, et s'écrie, joyeux de ce bon marché : « Mercure, dieu du gain, fais « que je vende ainsi ma femme et ma mère ! » Riez, si bon vous semble, mais laissez-vous toucher. Ne vaut-il pas mieux être ce malheureux qui vous amuse, que ces fous plus ridicules encore, ces charbonniers furieux, *ces guerriers de Marathon* (1), qui parlent de lapider tout citoyen ami de la paix? Quant aux orateurs qui conseillent la guerre, aux généraux qui la soutiennent, Aristophane les flétrit de ses outrages, ou les fait mourir sous le ridicule. Ce Lamachus, par exemple, qu'il nous montre si bravache, qu'il compare avec sa gorgone et son aigrette à *l'oiseau fanfaron*, eh bien ! c'était un brave général qui se fit tuer en Sicile. Ce n'était pas à lui qu'il en voulait, et plus tard il lui rendit justice; mais il en voulait au parti de la guerre, et se montrait impitoyable pour tout ce qui contrariait ses opinions. S'il était ami de Nicias, c'est que Nicias s'était toujours déclaré en faveur de la paix, qu'il s'était opposé de tout son pouvoir à l'expédition de Sicile. Aristophane dut voir avec un bien grand déplaisir le commencement de cette entreprise funeste ; mais il ose à peine en parler, tant il craint de réveiller de douloureux souvenirs. — « Nous enfantons des « fils, dit une mère, pour les voir partir à l'armée! — Femme, tais-toi, ne « rappelle pas nos malheurs. » Ces paroles sérieuses et pleines de tristesse, jetées au milieu de scènes bouffonnes, sont, à mon avis, du plus grand effet.

Aristophane n'a pas encore déployé toute sa verve satirique. Il faut qu'il attaque plus directement le gouvernement populaire, qu'il produise sur le théâtre la démagogie avec tous ses ridicules et tous ses abus. Ce fut alors qu'il eut besoin d'un grand courage, et, pour le dire à sa gloire, il n'en a pas manqué. Il traînait dans la boue les chefs les plus puissans d'Athènes, il montait sur la scène le visage barbouillé de lie, pour jouer le redoutable Cléon ; enfin, seul avec Socrate, il osait réclamer l'indulgence pour les généraux des Arginuses, vainqueurs et con-

(1) Μαραθωνομάχαι. — Les Acharniens, dont les champs avaient été ravagés pendant six ans par les soldats du Péloponèse, étaient les plus ardens à la guerre. Leur dème était d'ailleurs considérable, puisqu'il fournissait 3000 hoplites. — *Voy.* Thucydide, liv. II, ch. 19, 20.

damnés. Remarquez-le bien, c'est à l'époque où le gouvernement démocratique est à son plus haut degré de puissance, à l'époque où Cléon illustré par une victoire inespérée, est chéri de tout le peuple athénien, c'est alors qu'Aristophane vient les railler tous les deux avec une étonnante liberté. Il n'est pas d'injures qu'il ne prodigue au corroyeur, pas de bassesse et de lâcheté dont il ne l'accuse. Cléon était sans doute un démagogue fougueux; mais on aperçoit sans peine, dans le poète comique, l'exagération d'une satire violente et d'une haine personnelle. Ce lâche, qui enlève à Démosthènes *le gâteau de Pylos*, pour le servir à son maître, avait pourtant montré de l'audace dans une occasion difficile, et il mourut les armes à la main (1). Mais que nous importe? ce qui nous intéresse surtout, c'est de voir la démocratie fouettée avec des verges sanglantes, dans son premier représentant. Le peuple lui-même est sur la scène, *vieillard imbécille, mangeur de fèves, un peu sourd et morose*, qui accueille avec le même plaisir les flagorneries, les oracles et les gâteaux de son valet. Le parti des chevaliers, le parti d'Aristophane veut détrôner *le corroyeur*, et ne trouve pas de rival plus redoutable à lui opposer qu'*un charcutier* qui gouvernera à son tour, parce qu'*il est de la canaille*, parce qu'*il ne sait pas lire*, parce qu'il débite un oracle plus sonore que Cléon (2), qu'il donne au peuple un lièvre volé à Cléon lui-même, qu'il l'emporte sur lui en flatterie, en bassesse et en impudence. Le gouvernement, comme disent les chevaliers, appartient *non point aux hommes instruits et de mœurs irréprochables, mais aux ignorans et aux infâmes.* Un marchand de bestiaux succède à un marchand de toiles, un corroyeur au marchand de bestiaux, un charcutier au corroyeur, pour piller et dévorer

(1) Thucydide a fort maltraité Cléon; mais Thucydide pouvait bien ne pas être juste envers l'auteur de son exil. — *Voy.* le récit de l'expédition de Pylos, liv., IV, ch. 27, 28. *Voy.* aussi le récit de la mort de Cléon, liv. V, ch. 4.

(2) Aristophane nous parle continuellement d'oracles, et se moque à tout moment des devins. — *Voy.* Thucydide, liv. II, ch. 8 : « On ne voyait, dans « les villes qui allaient combattre, que des devins qui chantaient des oracles « et des prédictions. »

tour-à-tour les revenus de l'état. Le peuple, quoiqu'il en dise (1), est dupe de leur charlatanisme. Cependant le sénat, insouciant des affaires publiques, s'occupe du prix des anchois, et se vend au charcutier pour un plat de légumes. C'est encore le peuple qui est attaqué dans le sénat.

Aristophane, qui frappe si rudement la démocratie, ne se contente pas de la frapper une fois. Bientôt il fait paraître *les Guêpes*, satire bouffonne, mais de la plus grande portée. Il faut insister sur ce dernier point, car beaucoup de critiques n'ont pas compris cette pièce. — « Les Guêpes, a dit Schlegel, » sont, à mon avis, la plus faible comédie d'Aristophane ; le sujet en est » trop borné, puisque la peinture d'une maladie morale individuelle, telle » que la manie des procès, n'est pas susceptible d'une application générale. » M. Lemercier lui rend plus de justice : il y voit, au lieu d'une maladie morale individuelle, un travers public. Mais c'est plus encore : *les Guêpes* sont une satire du gouvernement populaire, moins directe et moins violente, il est vrai, que *les Chevaliers*, mais très fine et très-amusante. Pourquoi le comique verse-t-il tant de ridicule sur ce pauvre juge? pourquoi l'affuble-t-il d'un costume si grotesque? pourquoi semble-t-il lui envier ses *trois oboles*, par le soin qu'il met à l'en railler? C'est que ce pauvre juge est le vieux peuple que vous avez vu tout-à-l'heure; c'est que la charge qu'il remplit, pour un salaire de *trois oboles*, lui donne un grand pouvoir dans l'état. Dans le gouvernement d'Athènes, tous les citoyens peuvent être juges, si le sort leur donne une fève blanche; et c'est un droit considérable que celui de prononcer sur toutes les causes privées, civiles ou criminelles. D'ailleurs le juge populaire ne prononce pas seulement dans les causes privées. *Quand le sénat et le peuple sont partagés sur quelque grande affaire, un décret renvoie les accusés devant les juges* (2). Ils citent à leur tribunal, des généraux, des hommes illustres; ils se sentent *doucement pressés par une main qui a dérobé les deniers de l'état.* Aristophane, tout en voulant déprécier aux yeux du peuple le pouvoir judiciaire, par la misère des *Héliastes*, par leur dé-

(1) Le peuple, dans *les Chevaliers*, prétend qu'il laisse engraisser ces puissans démagogues pour se les immoler ensuite à lui-même.

(2) Voy. *les Guêpes*, v. 603, 604.

pendance, par la petitesse de leurs plaisirs, ne peut cependant en dissimuler tous les avantages. Il cherche à prouver au peuple qu'il est le jouet des démagogues, *qu'il ronge les restes de sa royauté* (1), qu'avec ses trois oboles, partie bien modique des immenses revenus de l'état, il peut à peine acheter du pain et de la viande à ses enfans. Est-ce pour qu'on augmente son salaire? Nullement, c'est pour qu'on le retranche tout-à-fait. Alors le peuple sera dans la position où Solon l'avait placé. Il aura toujours le droit de juger, mais il n'en aura plus le loisir. Comment irait-il sacrifier son temps aux affaires publiques, s'il n'a pas un triobole pour rapporter un sac de farine à la maison? Le comique est loin de savoir gré à Périclès de l'institution de ce salaire, et à Cléon de son zèle à le faire payer.

Aristophane avait beau jeu pour fronder les abus de la justice. Qu'on se figure une petite ville qui a pour les causes civiles et criminelles dix tribunaux et six mille juges, où ces tribunaux *sont ouverts à tout accusateur* (2), où l'avidité des gens pauvres et sans ressource dénonce sans cesse les gens riches, les métèques et les étrangers. Le sycophante vit de calomnie et de rapine; mouche parasite, il aime à sucer le sang des citoyens; il a des ailes qui le transportent rapidement des îles à Athènes, où il vient préparer quelque condamnation, et qui le ramènent aussi vite, pour butiner les richesses des accusés. On ne saurait trop étudier le caractère de cette bête hideuse et vorace, fléau des gouvernemens démocratiques, où le peuple jaloux de ses droits, dans l'inquiétude et la crainte de se les voir arracher, accueille les délations les plus fausses et les plus

(1) Aristophane accusait ainsi Cléon de dévorer la substance du peuple :

. . Ὥσπερ αἱ τίτθαι γε, σιτίζεις (δῆμον) κακῶς·
Μασώμενος γὰρ, τῷ μὲν ὀλίγον ἐντίθης,
Αὐτὸς δ' ἐκείνου τριπλάσιον κατέσπακας.
(Ἱππ., ς. 716.)

Aristote fait la même comparaison, *Rhét.*, liv. III, ch. 4 :

Ὁ Δημοκράτης εἴκασε τοὺς ῥήτορας ταῖς τίτθαις, αἳ τὸ ψώμισμα καταπίνουσι, τῷ σιάλῳ τὰ παιδία καταλείφουσι.

(2) Loi de Solon.

absurdes (1). Dans Athènes, le sycophante vit honoré comme un bon citoyen (2); il dit avec orgueil : *Je suis sycophante*, et transmet religieusement à son fils la profession de son père.

Aristophane saisissait avec une merveilleuse finesse tous ces vices d'un gouvernement qu'il n'aimait pas, et qu'il combattait avec acharnement. Il parut assez peu content de l'oligarchie momentanée qui lui succéda. Mais à peine la démocratie s'était relevée qu'il la poursuivit de nouveau. Dans l'*Assemblée des femmes*, il frappe d'interdiction ce peuple vieillard qu'il avait fait dans les *Chevaliers* et les *Guêpes*, si impotent, si fou, si imbécille. Il le met sous la tutelle des femmes, maintenant seules maîtresses de l'état. « Vieillard, file la laine et mange des fèves, ou plutôt qu'attends-tu pour mourir? Il est temps d'acheter une bière. Ceins-toi la » tête de cette couronne; je vais te préparer un gâteau de miel. »

II. SATIRE MORALE.

Nous en appelons au témoignage de Platon sur notre comique (3). Nous croyons avec lui que nulle part on ne saurait trouver une image plus complète de la vie politique et morale des Athéniens; après la satire politique, il nous faut donc parler de la *satire morale*.

Le peuple Athénien a l'ambition de l'indépendance et de la supériorité; dans son amour pour la liberté, il s'effarouche au seul mot de tyrannie; sa passion pour la gloire lui donne des bouffées d'orgueil et lui fait prêter

(1) Un sycophante veut dénoncer un étranger qui apporte des mèches dans Athènes : « Car, dit-il, il peut allumer une de ces mèches, l'attacher à un « insecte ailé, la lancer au moyen d'un tube par un vent violent, et incendier « la flotte. » (*Acharn.*)

(2) « Comment, infâme! tu outrages les sycophantes! et s'il s'en trouvait « parmi nous! » (*Acharn.*)

(3) Platon envoya les Comédies d'Aristophane à Denis-le-Tyran, qui voulait connaître Athènes.

une oreille complaisante à la voix flatteuse de ses orateurs. Il se redresse avec fierté quand il entend parler de *la splendide Athènes*, de *la ville couronnée de violettes*, ou de *l'aigle planant dans les nues* (1). Là, pas de citoyen si misérable qui ne se glorifie d'être fils d'un guerrier de Marathon ou de Salamine. Aussi Dieu sait avec quelle verve d'ironie Aristophane s'égaie sur ces travers. Mais ce n'est pas tout ; à côté de cette passion pour la louange, de cet amour des grandes et glorieuses entreprises, qui sans doute ont leur noble côté, sont la légèreté, l'insouciance, la paresse. Les Athéniens se lassent vite de ce qu'ils ont voulu ; ils sont prompts à voter des décrets, mais une fois votés, ils ne veulent plus les exécuter. Tous les jours il leur faut du nouveau :

« Hier Lacédémone était à la mode. C'était une manie universelle ; on » laissait croître sa barbe, ses cheveux ; on jeûnait, on vivait salement et » *à la manière de Socrate*, on portait des bâtons ; aujourd'hui la mode » a changé..... »

Les Athéniens ne sont fidèles qu'à leur goût pour les affaires publiques ; ils s'en occupent sans cesse, mais ils s'en occupent si bien qu'ils ne font pas autre chose. Avant de se réunir dans *le Pnyx* où se tient l'assemblée, vous les voyez promener long-temps dans le marché voisin leur curiosité indolente, ou se former en groupes de parleurs désœuvrés ; ils resteraient là tout le jour si la corde ne venait les envelopper et les menacer de la teinture rouge. Alors il faut qu'ils se dissipent ; mais vous les y trouverez demain, après-demain, vous les y retrouverez dans un siècle, allant çà et là et se demandant l'un à l'autre : « Philippe est-il » mort ? Philippe est-il malade ? »

« O Athènes ! Athènes ! s'écrie Aristophane ; ville de badauds ! (2) »

Après l'oisiveté vient l'amour des plaisirs et avec lui tous les excès qu'il entraîne. Le comique en a fait une satire animée et pleine de hardiesse.

(1) Socrate disait qu'il n'était pas bien difficile de louer les Athéniens en parlant aux Athéniens.

(2) Ὦ πόλις, πόλις. — Ἡ Κεχηναίων πόλις.

Rien n'explique mieux la seconde partie des *Guêpes*, de cette pièce dont le double sujet a embarrassé plus d'un critique. Après nous avoir montré *Philocléon* avec tous ses ridicules de juge, il le métamorphose en homme du jour, en libertin. A peine le vieillard a dépouillé son grossier manteau pour revêtir une persique, et quitté ses larges souliers pour une chaussure lacédémonienne, qu'il fait le jeune homme, qu'il imite la démarche des riches et leur allure efféminée, qu'il prend les belles manières et les habitudes du bon ton. Il s'enivre dans un festin, il étourdit les convives de ses impertinences et se retire, avec une joueuse de flûte, battant son esclave et les passans. Aristophane voulait montrer sans doute que les Athéniens ne pouvaient échapper à un excès, sans tomber dans un autre. Ce n'est pas qu'il déteste tout-à-fait le luxe et la mollesse. Il aimerait à voir, comme il dit, *le maître de la Grèce avec la cigale ornant sa chevelure, dans tout l'éclat de son costume antique, et parfumé de myrrhe* (1), *ami de la paix et dégoûté des tribunaux*, c'est-à-dire qu'il voudrait voir la démocratie abaissée, et qu'à ce prix il pardonnerait au moins un peu du luxe à l'aristocratie triomphante. Mais tels ne sont pas les Athéniens de son temps. Pendant que le peuple vit en liberté, pauvre mais puissant, il a des chefs opulens, des Alcibiades efféminés et voluptueux. Le poète alors s'indigne à la vue de ces jeunes orateurs qui jouent le désintéressement, et vivent dans les délices de la richesse. Ajoutez à cette haine politique le sentiment de la morale outragée. Il veut la venger publiquement et marque au front les débauchés dont il signale les turpitudes. Les comiques de tout temps se sont réservé la censure des mœurs publiques (2), mais jamais ce droit ne fut exercé si complètement. Ils étaient alors de véritables magistrats, des censeurs qui notaient d'infamie ; ils suppléaient à l'impuissance de l'Aréopage.

(1) Voyez à ce sujet Thucydide, liv. I, ch. 6.

(2) Aristote, *Rhét.*, liv. II, ch. 6 : « On rougit de faire le mal devant ceux « qui ont toujours les yeux ouverts sur les fautes d'autrui, tels que les bouffons « et les poètes comiques ; car ce sont des gens qui se plaisent à divulguer tout « ce qu'ils savent. »

Les mœurs d'Athènes, il faut l'avouer, étaient d'une extrême corruption. Aristophane qu'elles ne devaient pas choquer autant que nous, parce qu'il était plus familiarisé avec elles, a senti toutefois ce qu'elles avaient de dégradant. Il nous fait voir la corruption dont la jeunesse est infectée, se glissant jusque dans l'éducation de l'enfance. Il nous la montre dans les riches, il nous la montre dans l'homme du peuple, et chez ce dernier, plus révoltante encore, parce qu'elle est plus brutale et plus grossière. Qu'on ne s'étonne pas de la licence des peintures; il faut que le comique reproduise son temps.

Accorderons-nous autant de foi à ce qu'il dit des femmes? A l'en croire elles seraient des modèles de débauche et d'effronterie. Mais quoi! des femmes qui vivent renfermées dans leurs maisons, seraient-elles si peu modestes? La chose est impossible. Nous savons que sur tous les théâtres on s'est fait un jeu de plaisanter les femmes; Aristophane en a fait autant, et se trouvant dans une société d'hommes corrompus, il leur en a prêté tous les vices. Elles boivent comme des portefaix (1), elles ont le libertinage des prostituées. Mais il manque au Juvénal Athénien, le sérieux et la colère de l'autre Juvénal; au lieu d'une satire vraie, nous n'avons souvent qu'une image burlesque et risible. Néanmoins elle ne laisse pas d'avoir une sorte de vérité. Si le comique ne représente point les femmes Athéniennes en général, il représente au moins, sous un certain côté, les femmes du peuple avec leur esprit hardi, querelleur, opiniâtre (2). Il saisit même avec assez de bonheur des traits plus délicats, comme ceux de la coquetterie. Enfin il nous fournirait d'excellens caractères, s'ils n'étaient pas gâtés par des mœurs de courtisanes.

(1) C'est ainsi qu'il les représente dans *les Thesmophories*. On sait pourtant que, pendant ces fêtes, les femmes s'abstenaient de vin, en mémoire de ce que Cérès, chez Hippothoon, où elle était venue chercher sa fille, n'avait voulu prendre qu'un breuvage fait avec de l'orge. *Voy.* Tom. III des Mém. de l'Acad. des Inscr., etc., sur *les Thesmophories*.

(2) « Tais-toi, disait mon mari, et je me taisais. — Moi je ne me serais jamais tue. » (*Lysistrate.*)

Aristophane a encore une satire morale d'un autre genre; elle est représentée par *le Plutus*. Là ce n'est pas seulement le caractère ni les mœurs des Athéniens qu'il expose à nos yeux ; il s'amuse d'une passion commune à la société toute entière. Un pauvre laboureur court après la richesse ; il est vrai qu'il ne la demande pas pour lui seul, qu'il veut la partager avec tous les gens de bien ; mais c'est toujours un désir aveugle, une folle avidité qui fait oublier la raison. La pauvreté a beau lui prouver qu'elle est seule la mère de tous les biens, que si tout le monde était riche la société ne subsisterait pas, puisque tous rejeteraient la peine et le travail, *Chremyle* ne veut rien entendre, il faut qu'il soit riche ; *Plutus* devient son Dieu ; il lui dresse un autel et l'adore à la place de Jupiter. Du reste il est honnête homme, il est bon père; après son cher *Plutus*, il n'aime rien au monde plus que son fils unique.

Nous remarquons encore dans cette pièce quelques intentions semblables à celles des précédentes; le comique se plaît à fronder la cupidité de ses concitoyens S'il imagine de renverser l'ordre des fortunes, c'est pour dépouiller les vils orateurs et les sycophantes Mais en même temps nous reconnaissons une idée plus générale, plus abstraite. Aussi la comédie se dégage-t-elle déjà de la satire personnelle ; elle a déjà quelque point de ressemblance avec la *comédie nouvelle* qui doit plus tard la remplacer (1).

III. SATIRE PHILOSOPHIQUE.

L'esprit critique du philosophe domine toujours la satire d'Aristophane; mais ce n'est pas là ce que nous entendons par le mot de *satire philosophique*. Nous ne voulons parler que d'une satire particulière, de la raillerie spirituelle que lui inspirent la science et les systèmes philosophiques de son temps.

(1) Le *Plutus* appartient, dit-on, à la comédie moyenne. *Voy*. Tom. XXX, Mém. de l'Acad. des Inscr., etc., *sur le Plutus et les caractères assignés par les Grecs à la comédie moyenne*, par M. Lebeau cadet.

Pour nous, nous regardons la comédie moyenne comme une époque de transition, mais non pas comme un genre fixe et déterminé.

Aristophane avait à peine fait jouer quelques comédies politiques, qu'il dirigea une vive attaque contre une classe d'hommes renommés, moitié philosophes et moitié rhéteurs, qu'on appelait *sophistes*. Ils tenaient des écoles où ils enseignaient, pour une somme d'argent, le λόγος, l'art du raisonnement et de la parole, et par ce moyen, *l'art de gouverner les affaires domestiques et les affaires de l'état* (1). Leurs doctrines politiques n'étaient pas favorables à la démocratie; aussi finirent-ils par attirer sur eux la haine et la persécution du peuple; il arriva un temps où ils n'osaient presque plus se donner pour ce qu'ils étaient, et *Protagoras* dans Platon, en se vantant d'avoir eu assez de courage pour se déclarer sophiste, se félicite aussi d'avoir échappé jusque là à tous les dangers auxquels ce nom l'exposait (2). Il ne savait pas que bientôt il serait banni, et que ses livres seraient brûlés sur la place publique.

Ce n'est donc pas pour leur caractère politique qu'Aristophane poursuit les sophistes. Non, mais c'est qu'à force de réduire en préceptes l'art du raisonnement, ils l'avaient abaissé jusqu'aux subtilités les plus minutieuses, et l'avaient réduit à la chicane et à la mauvaise foi. Instituteurs de la jeunesse, ils lui enseignaient l'amour des querelles judiciaires et des tribunaux, dont le comique a fait une si plaisante satire. Les Athéniens apprenaient chez eux à manier les arguments, à distinguer le fort et le faible, à plaider pour le juste et l'injuste, pour la bonne et la mauvaise cause. Il est vrai qu'on estimait assez peu une telle profession et ceux qui l'exerçaient (3). Cependant on aimait à les entendre, on les trouvait habiles, et on croyait apprendre quelque chose avec eux.

(1) *Protagoras* de Platon.

(2) *Ibid.* « C'est un métier fort délicat, exposé aux traits de l'envie, et qui « attire beaucoup de haines et d'embûches..... Dieu merci, il ne m'est arrivé « aucun mal pour avouer que je suis sophiste, quoiqu'il y ait un grand « nombre d'années que j'exerce cet art. » (*Traduction de M. Cousin.*)

(3) Voy. le *Protag.* Le jeune Hippocrate veut prendre des leçons de ce fameux sophiste; mais quand on le soupçonne d'en vouloir embrasser la profession, la rougeur lui monte au visage : « Ah, j'entends, lui dit Socrate, « ton dessein n'est pas d'aller à l'école de Protagoras comme on va à celle

Les comiques se moquèrent de leur prétendue science; les sophistes déclamèrent de leur côté contre la licence des comiques. Une guerre s'alluma donc entre les deux partis, et Aristophane fit représenter les *Nuées.* Il y châtia sévèrement le charlatanisme au nom de la morale et de la raison. C'était rendre service à ses concitoyens; mais pourquoi charger Socrate des ridicules des sophistes, Socrate qui les raillait si finement? Peut-être il voulut venger la comédie des reproches de ce philosophe, et le confondit à dessein avec ceux qui, chaque jour, la décriaient. Peut-être il agit par un esprit de vengeance personnelle dont la cause nous est inconnue. Quoi qu'il en soit, cette satire était injuste (1). Nous concevons pourtant qu'aux yeux des Athéniens, elle ne parut pas tomber entièrement à faux. Socrate, il est vrai, combattait les sophistes, mais il les combattait encore avec une sorte de ménagement. Il employait contre eux la raillerie adroite, la plaisanterie fine, et il avait soin de les faire passer avec des louanges qui n'étaient pas moins ironiques, mais qu'on pouvait prendre souvent au sérieux. S'il les attaquait par le raisonnement, il se servait quelquefois de leurs armes, il prenait quelque chose de leur manière et de leur subtilité. Enfin, lors même qu'il avait cent fois raison contre eux, il recourait à une sorte de surprise pour les confondre, il allait à son but par un chemin détourné. C'en était assez pour lui valoir la réputation d'un homme habile, disputant avec avantage contre des hommes habiles, d'un sophiste qui portait un défi à tous les autres sophistes. On sait d'ailleurs qu'il avait reçu des leçons de Prodicus (2).

« d'un sculpteur, d'un médecin, mais comme tu as été à celle d'un gram« mairien, d'un joueur de lyre, et d'un maître d'exercice. » *Traduction de M. Cousin.*

(1) Mais il n'est pas vrai qu'Aristophane ait conspiré avec Anytus la perte de Socrate, 24 ans avant sa mort. Voy. les *Observations* de Fréret *sur les causes de la mort de Socrate.* Mém. de l'Acad. des Inscr., Tom. XLVII.

(2) Aristophane confond ces deux noms dans la même satire. Voy. *les Nuées:* « Tu es, Socrate, avec Prodicus, de tous les sophistes qui discourent sur les « météores, celui que nous estimons le plus. »

C'était donc l'opinion publique que reproduisait la satire d'Aristophane. Nous les condamnons l'une et l'autre, parce qu'elles n'étaient ni justes ni vraies. Mais qu'à la place de Socrate, on suppose un autre nom, ou qu'on regarde ce personnage comme le type d'une classe entière, des sophistes du même temps, on ne contestera plus la vérité du portrait.

Frappez à la petite porte de cette petite maisonnette. *Là, sont des hommes sages qui prouvent que le ciel est un four, et que nous sommes des charbons.* Le maître du haut de son panier abaisse un regard dédaigneux vers la terre. Plein de mépris pour Jupiter, il se perd dans de sublimes invocations aux nuées ses déesses, qu'il adore à l'égal de la langue et du chaos. Ce grand philosophe descend cependant jusqu'à l'éducation d'un pauvre homme; pour quelques mesures de farine, sans parler d'un manteau qu'il lui escamote, il veut bien l'instruire, et commence par lui donner une leçon de grammaire comme celle que M. Jourdain reçoit de son *maître de philosophie* (2). *Strepsiade* qui a des créanciers et peu d'argent, voudrait posséder *le raisonnement qui sert à ne pas payer.* Mais comme il est trop vieux et trop grossier pour rien comprendre aux finesses du raisonnement, il envoie son fils à sa place.

Le fils profite si bien des leçons du maître, que bientôt il bat son père en lui prouvant qu'il en a le droit.

C'est la morale de cette excellente comédie. Nous ne rappellerons pas la querelle si plaisante et si vraie entre *le juste* et *l'injuste.* Le dernier qui ne vante pas la bonté de sa cause, mais son talent à la faire paraître meilleure qu'elle n'est, triomphe de son rival par ses arguments de sophiste, et le force à s'avouer vaincu : « O infâmes, s'écrie le juste, je » vous en prie, recevez mon manteau; je passe dans votre camp. » Aristophane a dit, dans la parabase des *Guêpes*, que les *Nuées* étaient sa meilleure comédie; peut-être avait-il raison (2).

(1) Voyez, dans le *Cours analytique* de M. Lemercier, les rapprochemens ingénieux qu'il fait entre Aristophane et Molière.

(2) Le Scholiaste nous apprend que *les Nuées* furent jouées deux fois sans succès. Wieland suppose qu'elles ne furent jouées qu'une fois, et fait dire au

Cependant sa critique n'a pas moins de finesse, quand elle attaque une idée philosophique qu'on attribue encore à un sophiste, à *Protagoras*, et qui fut développée depuis dans *la République* par le génie sublime de Platon (2). Je veux parler de ce gouvernement tout idéal fondé sur le principe d'une parfaite égalité, d'une communauté matériellement impossible. Dans Platon, c'est une grande idée, c'est le rêve de la perfection; mais la perfection n'est pas de ce monde, et ce philosophe l'a compris tout le premier, puisqu'après *la République* il a fait *les Lois* (2). Il appartenait à l'esprit critique d'Aristophane de faire sentir par une raillerie piquante le côté vicieux d'un système qui, de son temps, occupait, sans doute, plus d'un esprit. Le poète, que n'abandonnait jamais le sentiment de la réalité, lors même qu'il se livrait à son imagination, et voyageait dans les régions de l'idéal, devait saisir sur-le-champ ce qu'un tel plan avait d'inapplicable et de chimérique. Aussi ne manqua-t-il pas de s'en amuser. Le sujet ne demandait pas une satire mordante, il s'en tint à une innocente et légère plaisanterie. Il faut voir dans l'*Assemblée des Femmes* comment il réalise cette idée de communauté absolue. Communauté de biens, de femmes et d'enfans, repas en commun, telle est la loi de l'association nouvelle. Quand on en vient à l'application pratique du système, l'égoïsme et le calcul des intérêts privés en détruisent une partie; l'autre est condamnée par la licence et les désordres qu'elle fait naître. Ainsi croule sous le ridicule l'échafaudage de la philosophie.

comique qu'après avoir composé une seconde parabase pour une seconde représentation, il renonça à son projet, d'après le conseil de ses amis. Nous ignorons sur quelle autorité il appuie cette hypothèse. Voy. *Aristippe et quelques-uns de ses Contemporains.*

(1) M. Lebeau, Mém. de l'Acad. des Inscr., Tom. XXX, *sur la comédie intitulée* Ἐκκλησιάζουσαι, croit que cette pièce fut composée pour parodier *la République* de Platon. Mais lorsqu'elle fut représentée, Platon n'avait que trente-deux ans, et ne pouvait pas avoir fait sa *République*.

(2) Voy. l'*Argument sur les Lois*, de M. Cousin.

IV. SATIRE LITTÉRAIRE.

Aristophane, l'impitoyable satirique, n'épargne pas davantage la littérature de son temps. Il nous apprend l'origine de la critique littéraire. C'était sur le théâtre et par la comédie qu'elle devait commencer, lorsqu'on en était encore à juger par le bon sens et la simple réflexion sans le secours des règles qui n'étaient pas inventées.

Qu'on n'attende pas de lui des jugemens complets et rigoureux; satirique, vif et piquant, il doit être superficiel. Il ne fera pas non plus une juste distribution du blâme et de l'éloge; car il sait fort bien railler, mais la louange n'est pas son affaire; il n'a guère du critique que la satire et du juge que les verges. Ce n'est pas qu'Aristophane, à travers son sourire moqueur, ne laisse percer quelquefois une estime méritée; il sait aussi apprécier ce qui est bien, quand il n'est pas aveuglé par une inimitié personnelle. Mais son rôle est avant tout de faire ressortir les défauts, et c'est assez qu'il le fasse avec goût et délicatesse. Il est rare que sa critique, malgré l'exagération de la comédie, ne renferme pas un reproche vrai et fondé en raison.

Il y aurait une petite histoire littéraire à composer avec les noms et les critiques partielles que nous trouvons répandus dans les pièces d'Aristophane. Si notre cadre ne nous permet pas d'entrer dans tous les détails, nous parlerons du moins des noms les plus célèbres et des critiques les plus importantes.

Une première remarque à faire est qu'Aristophane maltraite assez rarement les comiques, tandis que les tragiques sont pour lui l'objet d'une satire continuelle. On peut en donner plus d'une raison. Il paraît d'abord que ces deux classes de poètes formaient alors dans Athènes deux partis ennemis l'un de l'autre. Ensuite la comédie est comme la parodie du sérieux. C'est le sérieux qu'elle attaque dans la tragédie. Il n'est point aussi facile à la gaieté de faire rire aux dépens de la gaieté. Enfin il est possible qu'Aristophane craignît de paraître jaloux de ses rivaux.

Quoiqu'il en soit il en parle assez rarement; s'il nomme quelque part

Magnès, Cratinus et Cratès (1), c'est pour nous montrer, dans le contraste de leurs derniers échecs avec leurs premiers succès, les difficultés de l'art et l'inconstance du public. Il se moque bien un peu de la lyre de Cratinus (2), *lyre sans chevilles et sans harmonie;* mais il loue Cratès d'*avoir su offrir aux Athéniens les pensées les plus spirituelles, d'une main habile et délicate.* Quant à Eupolis, il l'accuse de lui emprunter ses plaisanteries, et de retourner maladroitement ses pièces. Enfin il reproche à Phrynicus et Amipsias de prodiguer la bouffonnerie grossière et de ne mettre en scène que des porte-faix.

Cette dernière critique est digne d'attention. Voilà donc Aristophane, cynique effronté, représentant la débauche toute nue sur le théâtre, le voilà qui fronde la grossièreté des comiques! Serait-ce que les autres le surpassaient encore en licence? Il est permis de supposer qu'au moins ils l'égalaient. Mais si le poète critiquait ainsi un moyen d'amuser que lui-même il ne s'interdisait pas toujours, c'est qu'il voyait là un vice de la comédie. Il donnait au peuple du bouffon et de l'obscène, parce que le peuple demandait du bouffon et de l'obscène. Mais il sentait que l'art devait jouer un plus beau rôle, et déjà même il s'était vanté de l'avoir ennobli. Il se félicitait, par exemple, de ne plus admettre la danse lascive (3), de ne pas outrager la tête chauve des vieillards. Il voulait pour la même raison bannir le ridicule usage de faire jeter au peuple des poignées de noix et de figues par la main de ses acteurs. C'était déjà beaucoup que d'oser contrarier les goûts de la populace. Il fallait peut-être plus de hardiesse pour la priver de ses plus chers plaisirs, que pour la jouer sous ses yeux (4).

(1) Voyez la parabase des *Chevaliers.*

(2) Aristophane cite encore assez souvent Cratinus, en plaisantant de son amour pour la bouteille. Un an après la représentation des *Chevaliers,* ce vieux poète de 87 ans remporta le prix sur notre comique, grâce à sa *bouteille de vin.* On sait les vers que son nom a inspirés à Horace.

(3) Κορδακισμός.

(4) On dit qu'un jour le petit peuple chassa Cratinus et sa troupe, parce la scène n'était pas assez bassement comique à son gré.

Avec de telles idées, Aristophane ne pouvait ignorer sa supériorité sur ses rivaux; il ne craignit pas de se proclamer *le meilleur et le plus célèbre des comiques*. Quand il n'était pas satisfait du jugement des spectateurs, il résistait, il en appelait au peuple de la sentence du peuple, et quand celui-ci condamnait une seconde fois son œuvre, il s'écriait avec fierté : « Le poète atteste Bacchus que jamais on n'avait entendu de pareils vers » comiques; il est honteux pour vous de n'en avoir pas senti le mérite (1). » On n'est pas fâché de voir à ce grand génie cette conscience de lui-même et cette franchise un peu orgueilleuse.

La satire devient plus piquante, lorsqu'elle s'adresse à la poésie dithyrambique et à la tragédie. La première est surtout cruellement raillée par Aristophane; mais il faut avouer qu'alors il met peu de critique dans la satire. Ce n'est guère qu'une parodie dont on ne peut rien conclure. Qu'il parodie Simonide ou Pindare, cela ne veut pas dire qu'il ne sache pas les apprécier, encore moins qu'il ne comprenne pas les beautés de la poésie lyrique. N'était-il pas lui-même un lyrique sublime? Sans doute; mais il sentait combien ce genre d'inspiration pouvait prêter au ridicule. Si la comédie se moquait du sérieux, à plus forte raison devrait-elle se moquer d'une poésie où le sérieux va jusqu'à l'exaltation en dépassant de beaucoup les bornes de la réalité. Du reste, le comique ne s'attache point à un dithyrambique, pour lui faire son procès en forme. Il s'amuse à raconter comment Trygée, dans son voyage au ciel, a vu *deux ou trois âmes de ces poètes voltigeant et recueillant çà et là les bribes de leur imagination*. Il plaisante de cet autre qui voudrait des ailes pour aller chercher là haut *des idées aériennes et vaporeuses*, et il lui fait emboucher la trompette pour donner un exemple de son galimathias pindarique. A travers cette satire exagérée de la poésie lyrique, on entrevoit un fond de vérité. C'est que ce genre est plus exposé que tout autre à tomber dans le vague et l'enflure : peut-être Aristophane en avait-il plus d'un exemple devant lui.

Quand nous arrivons à la tragédie, la critique devient plus fréquente,

(1) Voyez *les Guêpes*, au sujet des *Nuées*. — *Guêpes*, parabase.

et en même temps elle est quelquefois plus soutenue, plus développée, puisqu'il y a tout un plaidoyer entre Eschyle et Euripide, plaidoyer dans lequel figure aussi, comme personnage muet, Sophocle avec son rang et sa place marqués. Nous passerons rapidement sur les autres tragiques, pour en venir à cette grande et intéressante discussion.

Aristophane traite avec ménagement les premiers inventeurs de la tragédie; il ne paraît pas mépriser les essais de Thespis et de Phrynicus (1); il accorde même plus d'un éloge à ce dernier; il ne vante pas seulement en lui les grâces du danseur, mais *les beautés du poète et ses airs ravissans;* il le compare *à l'abeille qui recueille dans les jardins les sucs dont elle compose son miel.* Au contraire, il raille sans pitié la plupart des poètes tragiques qui paraissent déchoir après la maturité de l'art. Nous ne dirons rien *du laid Philoclès qui fait de laids ouvrages, du froid Théognis qui fait de froides tragédies* (2), *du méchant Xénoclès qui fait de méchants vers,* encore moins de Carcinus, père de Xénoclès, et de ses autres fils, *poètes à machines, danseurs sans grâce, frères des squilles de la mer,* etc.

Aristophane nous parle aussi d'Iophon, fils de Sophocle, et il a l'air de le soupçonner de produire sous son nom des ouvrages de son père; mais ce soupçon n'est sans doute qu'une plaisanterie; peut-être veut-il dire qu'Iophon n'est qu'un reflet affaibli de Sophocle. Un de ceux qu'il peint sous les traits les plus ridicules est le poète Agathon: il le fait paraître habillé d'une robe de femme et porté sur une grande machine; il se moque beaucoup de son style élégant, de sa poésie sans force, de *sa voix grêle qui ne peut chanter qu'une marche de fourmis.* La satire, pour être exagérée, n'est sans doute pas injuste: on y reconnaît le poète du

(1) Il faut le distinguer du comique qui porta le même nom. Phrynicus le tragique, élève de Thespis, avait joué *la Prise de Milet*, qui l'avait fait condamner à une amende pour avoir rouvert une plaie si douloureuse à l'honneur de la nation; tant la vérité de la représentation avait fait d'impression sur les spectateurs.

(2) On l'appelait Χίων (*la Neige*), surnom qui devait exprimer son caractère et celui de ses ouvrages.

Banquet, chez qui Socrate ne va qu'au sortir du bain et avec des sandales, le bel Agathon, qui unit aux grâces du corps les grâces et la coquetterie délicate de l'esprit (1). Toutefois, lorsqu'il fut mort, Aristophane ne le traita pas tout-à-fait de la même manière : « Il nous a quitté, « il est parti, dit Bacchus dans les Grenouilles ; c'était un bon poète ; il « emporte les regrets de ses amis. » A moins qu'il n'y ait là de l'ironie, ce qui nous paraît peu vraisemblable, voilà un éloge qui doit tempérer un peu l'amertume de la satire précédente.

Si Aristophane est souvent très-sévère à l'égard des tragiques, ce n'est pas seulement par opposition de parti, c'est aussi qu'il sentait l'abaissement de la tragédie après la mort de ses plus illustres représentans. Euripide est celui qu'il accuse surtout d'avoir amené cette décadence : aussi paraît-il ne pas avoir assez de mépris pour *les frêles rejetons de ce tragique, babillards, gazouillant comme des hirondelles, corrupteurs du goût, et qui tombent épuisés de fatigue dès qu'ils ont composé un seul chœur.* Il faut avouer qu'il avait une grande inimitié contre Euripide : sans cesse il le poursuit avec acharnement (2), sans cesse il le parodie et le tourne en ridicule. Mais s'il est vrai, comme nous le croyons, que sa critique tombe rarement à faux quand il attaque un ennemi juré, c'est une preuve de plus en faveur de son jugement. Toute cette critique se résume à peu près dans la querelle d'Eschyle et d'Euripide, qui occupe une grande partie des *Grenouilles*.

Eschyle reproche à son adversaire la subtilité d'esprit, le raffinement de langage et la loquacité. Ce sont des défauts que tout le monde lui a reconnus. Il le raille sur ses boiteux et ses mendians, raillerie plus piquante encore dans les *Acharniens*, où Euripide, après avoir prêté à un pauvre homme qui veut haranguer le peuple *les lambeaux de son Télèphe, un bonnet phrygien, une vieille lanterne et un pot ébréché*, s'écrie dou-

(1) Voyez comment Platon le représente et le fait parler dans *le Banquet*.

(2) Voyez *les Acharniens*, *les Thesmophories*, *les Grenouilles*, etc. Aristophane avait encore composé contre ce poète une pièce intitulée Προάγων, et une autre intitulée Λήμνιαι, parodie de l'Hypsipyle.

loureusement : « Tu m'enlèves toute une tragédie ! » Cette satire est-elle tout-à-fait injuste? Non pas, à notre avis; elle fait voir qu'Euripide sacrifie trop souvent la dignité à l'effet, et que, voulant acheter à tout prix le pathétique, il s'efforce trop de le faire naître par des moyens matériels. Le satirique lui reproche encore, moitié par badinage et moitié sérieusement, cet acharnement contre les femmes qui lui valut le surnom de *Misogyne*. Il l'accuse surtout de ne mettre sur la scène que des incestes et des adultères, et de dégrader la tragédie par une morale relâchée. Cette accusation qu'il ne faudrait pas pousser trop loin, n'est pourtant pas non plus sans fondement : Aristote lui-même l'a blâmé de présenter sans nécessité des caractères odieux et des personnages avilis (1) ; il avait raison, car les vices honteux et l'avilissement ne produisent pas le pathétique. Je ne parle pas de quelques sentences peu morales qu'on avait reprochées à Euripide, et qu'Aristophane répétait malignement. A nos yeux, elles se justifient aisément dans la place où elles se trouvent. Mais on sait que les Athéniens étaient sur ce point d'une extrême sévérité ; s'ils souffraient tout dans la comédie à laquelle ils ne demandaient que le rire, ils exigeaient tout autre chose de la tragédie (2). C'était aussi un privilége des comiques de se moquer des dieux ; mais Euripide ne devait pas l'usurper ; il pouvait être philosophe dans la société de Socrate, il ne devait être que poète quand il faisait une tragédie. Nous ne sommes pas surpris que l'impie Aristophane lui fasse un crime de son impiété.

Notre comique le raille encore avec beaucoup d'esprit de toutes ses petites ressources, de ses finesses d'invention, de ses prologues qui font

(1) Aristote, *Poétique*, ch. 14 : Ἔςι δὲ παράδειγμα πονηρίας μὲν ἤθους μὴ ἀναγκαῖον, οἷον ὁ Μενέλαος ἐν τῷ Ὀρέςῃ.

(2) On sait qu'Euripide fut mis en jugement pour ce fameux vers de l'Hippolyte, v. 611:

Ἡ γλῶσσ' ὀμώμοχ', ἡ δὲ φρὴν ἀνώμοτος.

Cicéron, *Offic.*, III, 29 : *Juravi linguâ, mentem injuratam gero.*

Platon, si sévère à l'égard des poètes, ne bannit pas tout-à-fait les tragiques dans ses *Lois* ; mais il veut que les magistrats examinent leurs maximes avant de permettre la représentation de leurs pièces.

connaître d'avance toute la pièce, de ses ennuyeux monologues, enfin de son rhythme coupé qu'il est loin de trouver aussi plein et aussi harmonieux que celui d'Eschyle.

Il y a dans Aristophane une critique à peu près complète d'Euripide. Nous sommes loin cependant de donner son arrêt comme juste et sans appel. Pour être juste, il aurait fallu qu'il rendît hommage à des mérites réels, à de grandes qualités qu'il ne voyait pas, ou plutôt qu'il ne voulait pas voir.

Encore mettons-nous de côté l'exagération de la satire, qui appartient bien à la comédie, mais non pas à une critique sérieuse et impartiale.

Quant à Eschyle, la grande supériorité qu'il lui reconnaît, la sincère admiration qu'il a pour sa gloire ne l'aveugle pas sur ses défauts; il rend hommage à son élévation, à sa haute poésie lyrique, à son style nerveux et plein de vigueur; mais il n'est pas dupe de ses pensées quelquefois ambitieuses et de son obscurité; il sourit malicieusement de l'appareil et du cortége pompeux de sa tragédie; il prête à Euripide, qu'il n'aime point cependant, d'assez bonnes critiques de son adversaire. Euripide se moque de ce génie *plein d'enflure*, *inégal*, *désordonné*; il se moque de *ses grands mots* (1), *véritables épouvantails pour l'oreille*; il en forge à plaisir pour le railler en le parodiant, et son *phlattothrat*, si ronflant et si comique, n'est qu'une satire de la période retentissante du grand tragique. Eschyle roulant çà et là des regards furieux, daigne à peine, dans son sublime courroux, répondre à son misérable accusateur (2). Il est déclaré vainqueur au jugement de Bacchus; mais pourquoi? parce que son vers, mis dans une balance avec un vers d'Euripide, se trouve *plus pesant de deux morts et de deux chars* (3). Il semble qu'Aristophane ne puisse lui accorder la victoire sans la lui faire acheter par une dernière plaisanterie.

(1) Ῥήμαθ' ἱπποβάμονα.

(2) Ἔβλεψε γοῦν ταυρηδὸν ἐγκύψας κάτω.
(Βάτραχ., ς. 813.)

(3) Ἐφ' ἅρματος γὰρ ἅρμα, καὶ νεκρῷ νεκρός.
(Βάτραχ., ς. 1425.)

Sophocle était présent à cette querelle; mais, plein de modestie, il s'était tenu dans l'ombre. Loin de disputer à Eschyle la possession de son rang, il avoue son infériorité et se contente de la seconde place. Nous croyons qu'Aristophane regardait réellement Eschyle comme le premier des tragiques; mais c'est une chose remarquable qu'il le parodie pourtant beaucoup plus que Sophocle (1) : c'est qu'il sentait bien ce dernier poète et sa belle poésie. Ce qu'il avait de mieux à faire à son égard, c'était de garder le silence. Si, malgré cette marque évidente d'un grand respect, il ne lui donne pas la première place, il ne faut point nous en étonner; le génie hardi d'Aristophane devait mieux s'accommoder du génie hardi d'Eschyle : de tels poètes étaient faits pour se comprendre. Le comique trouvait sans doute dans ce dernier sinon la même perfection, du moins plus d'énergie et de puissance. Eschyle, d'ailleurs, n'était il pas le père de la tragédie? n'avait-il pas droit au respect de Sophocle?

V. SATIRE RELIGIEUSE.

La comédie d'Aristophane n'est pas seulement la satire des hommes, mais encore la *satire des dieux*. Il faut prendre garde, il est vrai, de donner trop d'importance à ses plaisanteries, et d'y voir plus de hardiesse et d'impiété qu'elles n'en supposent réellement. On a commis plus d'une fois cette erreur, et ceux qui l'ont commise n'ont pu s'expliquer comment les Athéniens supportaient sur la scène de tels outrages à leur religion. Mais il ne faut pas non plus tomber dans un excès contraire, et, pour justifier Aristophane et les Athéniens, nier une satire assez évidente, et ne voir dans les dieux que le poète a joués que des emblèmes et de pures allégories (2). Cette dernière opinion ne soutient pas l'examen.

Aristophane, a dit Schlegel en effleurant seulement la question, *croyait que les dieux entendaient raillerie aussi bien que les hommes.*

(1) A peine trouve-t-on dans Aristophane quelques parodies peu sérieuses de Sophocle. Il l'accuse une fois d'être devenu dans sa vieillesse avare comme Simonide; mais jamais il n'attaque son génie.

(2) C'est ce qu'a fait M. Lemercier.

Benjamin Constant (1), qui lui a emprunté ces mots spirituels, les a rendus beaucoup plus vrais. Ce n'était pas le poète comique, c'était *le peuple* qui s'imaginait que les dieux entendaient si bien la plaisanterie (1). Aristophane était plus incrédule et plus moqueur ; il comprenait les vices de la religion ancienne, dont la décadence s'opérait à l'insu de la masse ignorante et grossière.

Si celle-ci s'amusait des farces impies du théâtre, c'est qu'elle n'y voyait que le côté grotesque, mais cependant traditionnel de ses croyances. Le grotesque s'était attaché à la religion même, et s'y était pour ainsi dire incorporé. Déjà, dans Homère, était le germe de ce caractère que devaient développer les autres poètes, que plus tard la comédie et la parodie devaient exagérer. Ne voyons-nous pas dans l'Iliade un Vulcain boiteux qui fait rire les dieux de l'Olympe, et dans l'Odyssée une histoire assez peu grave des amours de Mars et de Vénus? Les Grecs, et surtout les Athéniens, n'étaient pas très-respectueux envers leurs divinités : non seulement ils les firent à l'image de l'homme, mais ils les firent souvent à l'image de l'homme dégradé dont ils leur prêtaient la laideur physique ou la laideur morale. Au siècle brillant de Périclès, siècle de l'art et de la beauté, pendant que Phidias exposait aux yeux étonnés de la Grèce son Jupiter majestueux comme le Ζεύς homérique, d'autres artistes figuraient ce même Jupiter et les dieux de la mythologie sous des traits tout-à-fait comiques et bouffons.

Remarquez qu'Aristophane, lorsqu'il mettait des dieux sur la scène, choisissait justement ceux qui, dans les superstitions populaires, avaient le rôle le plus trivial : c'était *Mercure*, adroit, intrigant, ministre des amours très-humains de Jupiter, dieu des marchands et des voleurs ; c'était *Hercule*, le dieu de la force matérielle, celui qui, par son appétit

(1) Benjamin Constant a traité cette question en quelques pages et l'a fort bien résolue. Nous ne faisons que développer son idée.

(2) Arnobe nous apprend qu'à Rome, lorsqu'on voulait apaiser Jupiter et le mettre en belle humeur, on jouait l'*Amphytrion* de Plaute : « *Ponit animos* « *Jupiter si Amphytrio fuerit actus pronunciatusque Plautinus.* »

insatiable, affama, dit-on, le vaisseau des Argonautes (1) ; enfin c'était Bacchus, le dieu du vin et des gais propos, Bacchus, représenté par la fable avec un cortége de satyres, et couvert d'une peau de bouc qu'Aristophane lui fait plaisamment échanger contre une peau de lion.

Le peuple trouvait la plaisanterie de son goût, et n'en croyait pas moins à ses dieux : il laissait bafouer Mercure sur la scène, mais il ne souffrait pas qu'on mutilât ses Hermès sur les places publiques ; il s'amusait des sacrifices qu'il voyait parodier dans toutes les comédies, mais il s'indignait contre ceux qui, dans leurs maisons, représentaient les mystères sacrés avec des cérémonies dérisoires. Si nous reconnaissons qu'Aristophane se moquait réellement des dieux, ce n'est pas au rôle bouffon qu'il leur fait jouer, c'est à certains traits d'une ironie plus fine qui se cache sous la plaisanterie vulgaire et bouffonne. Dans ses *Oiseaux*, par exemple, où les dieux sont détrônés, déchus de leur souveraineté antique, la multitude ne voyait qu'un jeu de l'imagination, et c'en était un sans doute ; mais le comique y joignait une intention maligne, et, dans le fond, il n'exprimait que sa pensée. « Lancez, dit-il, lancez des nuées « d'oiseaux sur la terre, et qu'ensuite Cérès vienne mesurer le blé aux « hommes, pour les délivrer de la famine. Elle n'en fera rien ; vous la « verrez alléguer mille prétextes. »

C'était encore aux oiseaux qu'il recommandait d'empêcher les dieux d'aller en vrais libertins, à travers leurs domaines, souiller comme autrefois, de leurs amours adultères, les Alcmène et les Sémélé. Je vois là bien évidemment le sentiment d'une grande imperfection dans la religion grecque. Aristophane était beaucoup trop moral pour ne pas sentir l'immoralité de pareils dieux. Ceux dont les idées étaient à la hauteur des siennes, comprenaient sa moquerie satirique et souriaient d'intelligence avec lui ; ceux qui étaient trop peu éclairés, pour avoir une moralité bien grande, ne comprenaient pas et riaient plus que les autres. Le poëte

(1) Tous les comiques s'amusaient beaucoup de ce grand mangeur. Astydamas avait composé sur lui un drame satirique. *Voy.* Athénée, *Deipnosoph.*, liv. X.

donnait le change à leur esprit en lançant quelques sarcasmes contre les philosophes et en chantant quelques hymnes à la gloire des dieux : « Pallas, » s'écriait-il, toi qui règnes sur le peuple le plus religieux de la terre !... » C'en était assez pour se faire absoudre : il se retirait tranquille, après avoir défié la foudre de Jupiter, peu effrayé du sort de Diagoras, dont il rappelait condamnation avec assez de légèreté (1).

(1) Voy. *les Oiseaux*, v. 1068. — Diagoras de Mélos avait été condamné à mort comme athée et pour avoir ridiculisé les mystères de Cérès.

DEUXIÈME PARTIE.

POÉSIE.

Μήτε Μούσας ἀνακαλεῖν ἑλικοβοστρύχους,
Μήτε Χάριτας βοᾶν ἐς χορὸν ὀλυμπίας·
Ἐνθάδε γάρ εἰσιν, ὥς φασιν ὁ Διδάσκαλος.
(Ἀποσπασμάτια.)

Nous ne dirons pas comme Voltaire, qu'Aristophane *n'était ni comique ni poète;* c'était un grand comique, un grand poète.

Sa *poésie* a toute la variété de son génie. Tantôt fière et sublime, elle monte jusqu'au ton le plus lyrique du chant patriotique et guerrier : tantôt humble et douce, elle descend à la simple chanson. Plus majestueuse ou plus brillante, elle s'exhale en hymnes religieux : plus légère ou plus idéale, elle voltige sur l'aile des nuages et des oiseaux.

Aristophane puisait à deux sources, *l'inspiration* et *l'imagination.* Aussi sa poésie peut-elle se diviser en deux espèces : l'une, *poésie lyrique et de sentiment,* se trouve surtout dans les chœurs ; l'autre, *poésie idéale, fantastique*, est surtout dans la conception des pensées ou du sujet.

1o A la première appartiennent les chants de gloire et de triomphe.

Le poète salue Neptune, qui se plaît aux hennissements des coursiers, Pallas qui conduit la victoire (1). Puis il célèbre, en présence des Athéniens, les exploits de leurs pères, *dignes des honneurs du péplus.* Il rappelle avec enthousiasme, Marathon, Salamine et le Perse barbare,

(1) *Chevaliers*, v. 551 et suiv.

poursuivi par l'aiguillon de l'abeille attique (1). De tels chants faisaient oublier bien vite tous les petits traits de satire que le malin comique avait décochés contre *les guerriers de Marathon*. L'Athénien orgueilleux ne manquait pas de prendre pour lui ces éloges de la vertu paternelle dont il se regardait comme l'héritier. Quelquefois même, lorsqu'Aristophane, dans un chœur magnifique en dialecte lacédémonien, unissait le nom des Thermopyles à celui d'Artémisium (2), l'Athénien, oubliant un moment les querelles domestiques, s'associait à la gloire de la Grèce entière, sa patrie.

A cette poésie, empreinte d'un esprit belliqueux, on peut opposer une autre poésie, douce et gracieuse, quelquefois naïve, et d'une simplicité idyllique. C'est quelque chanson de laboureurs qui reviennent, joyeux de la paix, revoir les champs, dont une longue guerre les avait exilés. Ils se rappellent, avec délices, les agréables soirées de l'hiver, quand le voisin invite son voisin à venir s'asseoir auprès de son foyer; ou les belles journées de l'été, quand le Soleil mûrit les grappes du raisin de Lemnos (3). Ce ne sont là, je l'avoue, que des bagatelles; mais elles ne sont pas sans charme et sans intérêt.

La poésie religieuse a plus de gravité et d'importance. D'abord on peut s'étonner qu'Aristophane s'inspire des mêmes croyances, dont il s'amuse et se rit dans toutes ses comédies; mais cette contradiction n'est pas inexplicable : il y a deux hommes en lui; le satirique peut être incrédule, tandis que le poète est religieux : chacun d'eux envisage les choses sous une face différente. Le poète n'en voit que le beau côté, et tant qu'il est sous cette impression, il croit tout, il admet tout. C'était ainsi qu'Aristophane était religieux, lorsqu'il invoquait les divinités protectrices d'Athènes, lorsqu'il célébrait les danses sacrées sur le gazon, les joyeuses fêtes d'Iacchus et les cérémonies des mystères (4). Les voix de

(1) *Guêpes*, v. 1100 et suiv.

(2) *Lysistrate*, v. 1248 et suiv.

(3) *La Paix*, v. 585 et suiv.; et v. 1126 et suiv.

(4) *Thesmophories*, v. 949 et suiv.; et v. 1137 et suiv.

ce chœur d'initiés qui chante, au milieu des enfers, les plaisirs de Bacchus, les dons de Cérès et l'heureuse vallée du repos, semblent appartenir, en effet, à un autre monde et à d'autres êtres (1).

II. C'en est assez déjà pour mériter à Aristophane le nom de poète ; mais nous n'avons rien dit encore du genre de poésie dans lequel il excella. C'est *le fantastique*, poésie idéale, poésie légère et badine, qui convenait singulièrement aux esprits des Athéniens. Ce caractère, ce n'était pas Aristophane qui l'avait donné à la comédie. Les poètes comiques de son temps composaient des pièces semblables avec des titres semblables (2). Mais lui, naturellement poète, doué de l'imagination la plus vive et la plus mobile, il s'empara de ce fond qui existait avant lui, et l'enrichit de toute la fécondité de son invention.

Le fantastique, comme nous l'avons dit, n'est qu'un pur badinage. Il n'y faut pas chercher le sérieux ni la gravité. Cependant le badinage peut recevoir des nuances très-diverses. Tantôt il aura de la noblesse et de la dignité ; c'est le sourire gracieux de l'Arioste. Tantôt il tombera dans l'extravagance et le grotesque ; c'est la laide grimace de Rabelais. Ce que nous devons surtout examiner pour le moment, c'est le caractère poétique d'Aristophane. Quant au caractère bouffon, élément tout particulier, nous en ferons plus tard l'examen. Cette distinction était d'autant plus nécessaire, que le fantastique et le bouffon se rencontrent sans cesse dans Aristophane, confondus ou placés tout près l'un de l'autre.

Ici ce sont des *Guêpes au grêle corsage, armées de leur aiguillon piquant*, et volant par essaims. Mais ces *Guêpes attiques*, terribles dans leur colère, sont en même temps de vieux juges qui se pressent en foule, pour siéger au tribunal. Là, c'est un chœur de grenouilles qui coassent dans les marais du Styx, et qui, par un contraste bizarre, mêlent à ces coassemens un peu rudes quelques accens pleins de douceur et de poésie.

(1) *Grenouilles*, v. 324 et suiv.

(2) Magnès avait fait plusieurs pièces de ce genre, *les Oiseaux*, *les Grenouilles*, *les Moucherons*.

Le fantastique des *Nuées* est moins burlesque. Ces vierges, humides de rosée, sorties des jardins de l'océan, leur père, arrivent en chantant d'une voix brillante leur voyage aërien à travers les montagnes et les vallées. Etres d'une nature insaisissable, et qui peuvent se métamorphoser sous mille figures diverses, elles paraissent avec la robe des femmes, comme elles auraient pu revêtir la forme des loups ou des centaures. Il est vrai que ces Nuées elles-mêmes ne sont au fond qu'une plaisanterie; elles ne servent qu'à jeter le ridicule sur la philosophie de Socrate. Mais le comique est tellement dominé par le génie de la poésie, qu'il oublie un moment le côté plaisant de cette création idéale, et s'amuse à la parer de toutes les richesses et de toutes les grâces de l'imagination. Le ridicule a disparu; il n'en reste plus même une teinte légère; l'illusion serait complète, si un acteur trivialement bouffon ne venait tout-à-coup vous desenchanter. Alors on est tenté d'adresser à Aristophane ce que Socrate dit à son grossier disciple : « Ne t'avise pas de railler comme ces misérables co- » miques. » Rappelons-nous cependant qu'Aristophane était un bouffon.

Une autre comédie, plus fantastique et plus poétique que toutes les autres, est celle *des Oiseaux*. Dans les *Grenouilles*, les *Guêpes*, les *Nuées*, le fantastique n'était pas le but, il n'était qu'un accident. Dans les *Oiseaux*, au contraire, il est le fond même de la pièce. Cette comédie est en même temps celle qu'on a le moins comprise; et cela parce qu'on a voulu donner trop de part à l'intention satirique, dans une œuvre dont la frivolité fait presque tout le charme; parce qu'on a cherché dans cet ingénieux badinage une allégorie si fine et si bien voilée, qu'elle échappe à tout le monde. « Je ne vois pas le mot pour rire des *Oiseaux*, » disait Fontenelle, qui goûtait les pièces d'Aristophane, mais qui les jugeait de travers. Quel était donc ce mot pour rire qu'il y voulait trouver? C'était sans doute l'ironie mordante, ou bien cette *liberté gaillarde*, comme il l'appelle, qui paraît lui plaire assez dans *Lysistrate*. Il ne se doutait pas qu'on pût construire une pièce comique avec des idées purement fantastiques.

Telle est pourtant la ville des Nuées et des coucous, *Néphélococcygie*, cette nouvelle Babylone aux murailles de briques, cette nouvelle Thèbes aux mille portes, suspendue entre le ciel et la terre. Ce n'est point du tout Décélie fortifiée par Lacédémone, comme l'a supposé très gratuitement le père Brumoy (1) ; c'est Néphélococcygie. Ce nom n'indique-t-il pas suffisamment quelque chose d'idéal et de vague, produit de la folle imagination? Ces oiseaux architectes ne font-ils pas songer aux aiglons d'Esope, élevant dans l'air une corbeille où de jeunes enfans n'attendent que des matériaux pour y bâtir une ville, comme les ouvriers d'Aristophane? Schlegel est le seul qui ait compris cette comédie. Il a vu que le poète n'avait pas de but sérieux, qu'il plaisantait de ses rêveries capricieuses. Il a montré avec beaucoup de justesse quel parti merveilleux il avait su tirer de tout ce que l'histoire naturelle, la mythologie, la science des augures, les fables, les proverbes mêmes lui pouvaient fournir. Le seul but de la pièce est donc le fantastique. Il est vrai que la satire vient s'y mêler aussi dans le développement du sujet. Le gouvernement et les mœurs d'Athènes y sont finement raillés. Dans ce monde idéal, Aristophane introduit un monde réel sur lequel il épuise sa verve satirique ; les poètes, les géomètres, les crieurs publics et les sycophantes s'empressent d'accourir tour-à-tour dans la ville des oiseaux, pour y recevoir le coup de fouet qui les attend. Les dieux y paraissent aussi pour se faire insulter et moquer. Mais on voit que tous ces traits de satire sont dispersés au hasard. Là, n'est pas l'idée première de la comédie; au contraire, le fantastique en anime si bien toutes les parties, que tout y prend cette couleur, même la satyre personnelle. « J'ai vu, dit l'oiseau voyageur, un arbre sec et tremblant qui pousse » des calomnies, et qui l'hiver jonche la terre de boucliers (2). » Il voulait désigner le lâche Cléonyme.

Nous ne parlerons pas de ces chœurs d'oiseaux si pleins d'éclat et de douceur (3), ni de leurs gazouillemens bizarres, sorte d'harmonie imi-

(1) M. Lemercier admet cette hypothèse du père Brumoy.

(2) *Oiseaux*, v. 1460. — Voyez une plaisanterie semblable sur ce même Cléonyme, dans *les Guêpes*, v. 15 et suiv.

(3) *Oiseaux*, v. 683 et suiv. ; et vers 1083 et suiv.

tative qui fait sourire par ses effets tout nouveaux (1). *C'est une poésie aërienne, ailée, bigarrée*, selon l'heureuse expression de Schlegel.

Cependant le bouffon vient encore former un contraste avec la poésie gracieuse des chœurs. Ces oiseaux si poétiques, si légers, si vous pouviez les voir avec un bec énorme, un corps gigantesque, revêtus de quelques plumes mal attachées çà et là, vous ne sauriez vous empêcher de rire. Telle est la fiction de Shakspeare dans *le Songe d'une nuit d'été;* même poésie et même grotesque. Là, dans un monde de petits génies aux ailes de papillon, au milieu de toutes les illusions d'une féerie enchanteresse, on rencontre un personnage grossier, affublé d'une tête d'âne, et qui fait un rêve délicieux. Telle est, dans les *Oiseaux*, *Procné* à la voix mélodieuse, *Procné* belle comme une jeune vierge, n'était le bec long de deux broches, qui dépare un peu son visage, et ravit quelques charmes à ses doux accens.

(1) *Oiseaux*, v. 227 et suiv.

TROISIÈME PARTIE.

BOUFFON.

> Εἴπω τι τῶν εἰωθότων.....
> Ἐφ' οἷς ἀεὶ γελῶσιν οἱ θεώμενοι;
>
> (Βατράχ., v. 1, 2.)

Nous avons vu le *bouffon* se mêler sans cesse au sérieux et à la poésie, dans la comédie d'Aristophane; mais quel rôle y joue-t-il? voilà ce qu'il nous faut savoir. D'abord, il est souvent l'expression de la satire, expression plus vive, qui exagère follement la réalité, pour la rendre plus sensible; souvent encore il n'est que la contrepartie du sérieux ou de la poésie. Voilà donc deux genres de *bouffon*: l'un tient au sérieux par la satire, et le laisse entrevoir à travers l'exagération de la forme; l'autre semble au contraire attaquer le sérieux par le rire et l'extravagance. L'un a sa source dans une réflexion profonde; l'autre n'est que le produit d'une imagination bizarre et d'une gaîté toute populaire: ce dernier surtout me paraît être un des premiers élémens, un des caractères fondamentaux du génie d'Aristophane.

I. En général, on n'a pas méprisé sa bouffonnerie, quand on a vu quelque satire cachée sous cette enveloppe grossière. Ainsi, par exemple, on a ri, je ne parle que des gens de bonne foi, et sans préventions, on a ri des haillons d'Euripide appendus à la muraille, de la folie du vieux juge qui, trompant la vigilance de son fils, saute par la fenêtre pour courir au tribunal; de la stupidité du peuple Pnycien qui se laisse gouverner par un corroyeur ou par un charcutier. C'est qu'on reconnaît sur le champ le but sérieux de cette bouffonnerie sarcastique. Si elle emploie le bas et le trivial, c'est pour faire ressortir le ridicule de la démocratie: tels sont les *Acharniens* et les *Chevaliers*. Si elle emploie la grossièreté, l'obscénité même, c'est pour exprimer par des couleurs plus énergiques la corruption des mœurs : tel est le portrait du vieux juge devenu débauché. Si elle emploie la parodie burlesque, c'est pour se moquer des sophistes et des poètes : tel est le langage parodié de Socrate et d'Euripide.

Cette bouffonnerie satirique était une véritable caricature, quelquefois même une caricature comme celles qu'on expose de nos jours aux yeux des passans. Il ne lui manquait que d'être tracée à la main, d'être dessinée par le crayon de l'artiste. Et qui sait si elle ne l'était pas? Athènes avait des peintres bouffons, qui composaient des tableaux grotesques et obscènes (1). Pourquoi n'auraient-ils pas reproduit la caricature du comique avec des figures moitié réelles et moitié d'invention? Que la pensée d'Aristophane dirige la main de Pauson (2), et vous la verrez se traduire par un dessin vivant : voici une place publique, *des moutons avec des manteaux et des bâtons ;* au milieu d'eux, *une baleine vorace ouvrant une gueule immense, et tenant d'une main une balance où elle pèse de la graisse de bœuf* (3). Cette place publique, c'est le Pnyx ; ces moutons sont le peuple assemblé ; cette baleine est Cléon, Cléon le démophage, Cléon le *Paphlagonien*, à la voix large et retentissante.

Tout cela n'est-il pas d'aujourd'hui ? C'est du bouffon, mais très-satirique et très-piquant. Tant qu'Aristophane s'en est tenu à celui-là, on l'a goûté, ou du moins on lui a fait grâce en faveur du fond sérieux qu'il renfermait. Lui faire grâce c'était déjà quelque peu injuste, il ne le méritait pas ; mais enfin ce n'était pas l'attaquer.

II. On s'est montré, en général, moins indulgent pour cet autre genre de *bouffon*, plus libre de sa nature, qui s'abandonne franchement à l'in-

(1) Voyez, sur les peintures grotesques des Grecs, les *Mélanges littéraires* de Wieland.

(2) Ce Pauson est celui dont Aristote a dit, qu'à l'exemple des comiques, il peignait les hommes pires qu'ils ne sont. Voyez la *Poétique*, ch. 1.

(3) Δημὸν, graisse; δῆμον, peuple. Voyez les *Guêpes*, v. 11 et suiv.

spiration de la gaîté et de la folie, qui semble n'exister que pour faire, comme nous l'avons dit, la contrepartie de la poésie ou du sérieux. Bien des gens, si vous leur parlez de l'escarbot volant au ciel et de tant d'autres idées bizarres ou grossières, produit de l'imagination et de la gaîté, n'y verront, comme dit Laharpe, *que des monstres qui ne seraient pas tolérés sur nos derniers tréteaux*. C'est là le *bouffon* par excellence, il est plus burlesque, plus *bouffon* que le premier. Je ne veux pas dire que l'autre ne soit pas plus digne du vrai comique; je veux dire qu'étant plus indépendant de la satire, il a un caractère plus particulier, plus original: cela seul lui donne un certain degré d'importance. Quand même nous le condamnerions, il faudrait en parler pour le constater et l'expliquer: nous verrons ensuite s'il est aussi méprisable qu'on l'a dit.

Pourquoi ce caractère purement bouffon dans Aristophane et d'où vient-il? outre qu'il tenait sans doute au génie même de ce comique, il appartenait aussi à son temps et à ses concitoyens. La comédie, sortie du chariot de Thespis, devait conserver la tradition des farces populaires (1). Puis la tragédie s'étant entourée d'un majestueux cortége, la comédie dont le but était de faire rire, dut chercher à former un contraste avec elle. Elle attaqua sa gravité et sa noblesse par une gaîté libre et hardie. Du reste elle ne se renferma pas dans la parodie tragique. Elle s'en prit en général au sérieux et à la poésie. C'est dans ce but qu'Aristophane a soin de jeter au milieu de toutes ses pièces quelques personnages grossiers et plaisans, bouffons populaires qui amusent les spectateurs, et dont le rôle est assez souvent, qu'on me pardonne la comparaison, celui du niais dans nos mélodrames. Le *Strepsiade* des *Nuées*, ce paysan si lourd, si ignorant, de mœurs très-peu délicates et d'un esprit fort épais, peut être regardé comme le type de plusieurs autres. C'est une figure qui se repro-

(1) Voyez les *Recherches* de l'abbé Vatry *sur l'origine de la Comédie*, Mém. de l'Acad. des Inscr., Tom. XVI. — La comédie d'Aristophane devait être un résumé de toutes les farces qui se jouaient à part et sous des noms différens, *les Dicélies*, *les Magodes*, *les Mimes*, etc. Un hymne adressé à Phalès, dans *les Acharniens*, v. 265, *ᾄσομαι τὸ φαλλικόν*, semble rappeler les Dicélistes phallophores dont parle l'abbé Vatry.

duit sans cesse dans les comédies de notre poète, avec quelques traits différents : c'est *Evelpide* dans les *Oiseaux*, *Trygée* dans la *Paix*, *Mnésilochus* dans les *Thesmophories*. Cette figure n'était pas tout-à-fait d'invention. Il en avait trouvé l'idée dans la réalité même, et surtout parmi le peuple des campagnes. Mais du moins c'était lui qui l'avait composée ; il lui avait donné par sa verve comique et son imagination une physionomie originale ; il en avait fait une création vivante. Ce fut ainsi que Cervantes créa l'inimitable *Sancho Pansa*.

Un autre personnage très remarquable aussi, et qui ressemble fort au précédent par sa trivialité et ses plaisanteries, c'est l'esclave, cet esclave paresseux, gourmand, bavard, familier, malicieux, et, par-dessus tout, essentiellement bouffon, dont nous avons une copie dans les *Dave* et les *Sosie* de Plaute et de Térence, dans les *Scapin* de Molière, dans les *Crispin* de Regnard, dans tous ces valets de notre théâtre, empruntés à la scène des Latins ou des Grecs. Ce type ancien est bien exprimé par le *Carion* du *Plutus*. *Xanthias*, l'esclave de Bacchus dans les *Grenouilles*, en est une seconde personnification, et *Bacchus* lui-même semble fait à peu près sur le même modèle ; car il y a peu de différence entre le maître et le valet : tous deux sont battus de compagnie, privilége des esclaves, et tous deux plaisantent sous le bâton.

Mettez ces personnages en présence de la poésie ; ils vont s'en moquer d'une manière bouffonne. Nous avons remarqué déjà par quel langage *Strepsiade* répondait à la voix harmonieuse des Nuées. Si par un appel tout poétique, Socrate invoque ces nuées légères qui voltigent au-dessus d'eux : « Pas encore, lui crie le bouffon ; que je mette ce manteau en » double sur ma tête, pour ne pas être mouillé. » *Evelpide* oppose à la même poésie la même trivialité burlesque. Il est question, si les hommes ne veulent pas reconnaître la souveraineté des oiseaux, d'envoyer un bataillon de corbeaux, pour crever les yeux à leurs bœufs de charrue : « Attendez, s'écrie-t-il, attendez au moins que j'aie vendu mes deux petits bœufs » (1).

(1) Voyez Bacchus répétant d'un ton moqueur le *coax, coax* des grenouilles. On peut lui appliquer le vers de Molière :

Cet homme assurément n'aime pas la musique.

Mettez-les maintenant en face de la satire ; ils s'efforceront plus d'une fois d'en effacer le sérieux par leurs plaisanteries extravagantes. *Strepsiade* fait les réponses les plus absurdes et les plus impertinentes à toutes les demandes de Socrate. *Bacchus*, juge du débat littéraire entre Eschyle et Euripide, est là, moins pour porter une décision motivée, que pour empêcher la querelle de tourner au sérieux. Sa bouffonnerie tranche toutes les questions, et s'il énonce une opinion, il faut qu'il la légitime de la manière la plus ridicule. C'est qu'Aristophane ne voulait pas avoir trop complètement raison. Il comprenait parfaitement son art de comique ; il sentait que ce n'était pas à lui d'instruire un procès dans toutes les formes de la justice, et de le soutenir avec les plus solides argumens. Qu'on prenne garde à cette tournure d'esprit ; si quelquefois il ne paraît pas juste, c'est peut être qu'il ne veut pas le paraître. Il sait être vrai et raisonnable pour les gens de sens, il sait déraisonner en bouffon pour les gens ignorans et grossiers (1).

Aristophane aimait assez les écarts de l'imagination et les folies grotesques ; c'était encore de la poésie, une poésie bizarre, il est vrai, mais vive et amusante. Cependant il n'avait pas beaucoup d'estime pour la bouffonnerie grossière. Nous avons parlé des reproches qu'il adressait à certains comiques de son temps. Il ne voulait pas, comme il dit, *qu'on fît une guerre interminable aux haillons et à la vermine, qu'on ne présentât, sur la scène, que des Hercules broyant du grain, des gueux, des vagabonds vivant de tromperie, et venant eux-mêmes s'offrir aux coups*, etc.

Si lui, tout le premier, il ne dédaigna pas ces moyens d'exciter le rire, c'est qu'il devait se soumettre aux habitudes de son temps. C'était pour le peuple qu'il mettait sur la scène des marchandes d'œufs et de légumes, des archers scythes au langage græco-barbare, des magistrats repoussés

(1) *Assemblée des Femmes*, v. 1195 :

Σμικρὸν δ' ὑποθέσθαι τοῖς κριταῖσι βούλομαι·
Τοῖς σοφοῖς μὲν, τῶν σοφῶν μεμνημένοις κρίνειν ἐμέ·
Τοῖς γελῶσι δ' ἡδέως, διὰ τὸν γέλων κρίνειν ἐμέ·
Σχεδὸν ἅπαντας οὖν κελεύω δηλαδὴ κρίνειν ἐμέ.

avec perte par une troupe de femmes, à peu près comme sur nos tréteaux, on introduit un commissaire battu par Polichinelle. La populace d'Athènes, aussi bien que Strepsiade, ne devait rien trouver de plus plaisant que ce lézard qui souillait Socrate de son ordure (1).

Aristophane faisait aussi des jeux de mots, des calembourgs. Pourquoi pas? on en fait bien chez nous, et de plus mauvais, et qui font beaucoup rire. Aristophane en faisait de mauvais, il en faisait de bons. Enfin il tombait trop souvent dans une indécence toute gratuite, dans un cynisme révoltant. Nous ne voulons pas l'absoudre de cette dernière condescendance au goût public. Mais remarquons du moins, pour son excuse, combien les mœurs de la société ancienne étaient loin des mœurs de notre société. C'était déjà beaucoup qu'Aristophane chatiât, par la satire, la conduite des plus dissolus. Ensuite, il est très probable que les femmes n'assistaient pas aux représentations comiques, et leur présence aurait pu seule forcer la scène à plus de décence et de sévérité.

Ce que nous avons dit jusqu'ici appartient surtout à la bouffonnerie triviale, et, pour ainsi dire, prosaïque; mais la bouffonnerie, quelquefois, touche de plus près à la poésie. C'est une remarque que nous avons faite, en disant que le fantastique peut dégénérer en grotesque. Aristophane, non content de créer des êtres selon son caprice, pour leur donner sur la scène une réalité matérielle, ou bien de prêter à des êtres réellement existans, des attributs qu'ils n'ont pas, aime à les placer dans des attitudes plus que comiques, et à leur faire jouer des rôles extravagans. De là l'exagération des costumes, les travestissemens risibles, tous ces masques bizarres et fantasques, grimaçant aux yeux des spectateurs, tous ces jeux de machines qui font mouvoir un monde bouffon.

Le moyen dont Aristophane a fait le plus fréquent usage, pour altérer ainsi la pureté de son fantastique, est la *parodie burlesque.* C'était déjà de la parodie que de transporter dans une sphère idéale les habitudes de la

(1) Ἥσθην γαλεώτῃ καταχέσαντι Σωκράτους.

(Νεφελ., στ. 173.)

société humaine, de supposer des oiseaux qui parlent, qui raisonnent, qui agissent comme des hommes. Mais ce n'était pas encore du bouffon ; c'était seulement un badinage poétique. La parodie est devenue burlesque quand le comique s'en est servi pour ridiculiser les êtres de son invention. Les oiseaux rangés en bataille, comme des soldats, engagent contre des hommes armés de marmites et de broches, un combat qui rappelle celui des grues et des pygmées. Il font proclamer *un édit contre un certain Philocrate qui martyrise les grives, qui attache les pinsons en paquet, et les vend sept pour une obole.* Le crieur public *annonce un talent de récompense à celui tuera cet infâme tyran* (1).

Du reste, cette parodie burlesque ne s'allie pas seulement au fantastique ; elle est partout dans les comédies d'Aristophane. Dans les *Harangueuses*, où il s'avise, par un décret de l'assemblée publique, de livrer aux femmes l'administration du gouvernement, il y a plus de pure bouffonnerie que de satire réelle. Le poète ne se moque pas seulement du gouvernement populaire, il s'amuse d'une révolution imaginaire dans l'ordre établi. Les femmes portent des habits d'homme, des barbes, des bâtons, une chaussure lacédémonienne ; elles ont une présidente, des orateurs et *une générale* (1).

C'est ainsi que la parodie se joue de la société et des usages des hommes. Elle se joue aussi bien des choses sacrées et des traditions mythologiques.

Nous avons dit que le comique plaisantait des Dieux, non pas toujours pour les attaquer sérieusement, mais souvent parce qu'ils lui fournissaient l'occasion d'une gaîté bouffonne. Alors il contrefait burlesquement celles de leurs qualités qui prêtent le plus à la parodie. *Hercule* est un glouton, qui, dans sa descente aux enfers, a volé et dévoré chez une cabaretière *seize pains et vingt portions de viandes bouillies. Mercure* est un fripon, qui aime assez l'odeur des sacrifices, et qui, dans la que-

(1) C'est la parodie d'une proclamation contre Diagoras de Mélos.

(2) Ἡ ἡγέμων.

relle des Dieux de l'Olympe avec les Dieux de l'air, sait tirer adroitement son épingle du jeu. Quant à *Bacchus*, ce *gros ventru* (1), armé de la massue d'Hercule, nous connaissons déjà son rire joyeux et sa honteuse lâcheté.

Pour mieux parodier la dignité des Dieux, Aristophane fait adresser des prières aux oiseaux *olympiens* et *olympiennes*, *Dieux* et *Déesses*, à leur *Cybèle*, à leur *Vesta*, à leur *Jupiter*. On leur fait même des sacrifices qui s'accomplissent, suivant tous les rites religieux. C'est chose très peu rare que la parodie des sacrifices chez Aristophane. On en trouve presque dans toutes ses pièces. On ne s'étonnera pas de la répétition continuelle de cette folle invention, si l'on songe à l'usage fréquent des sacrifices chez les Grecs, et si l'on se rappelle que ces comédies étaient jouées à l'occasion des fêtes sacrées.

A côté des sacrifices sont les oracles dont le comique tire un merveilleux parti. Il a des oracles pour tout le monde, pour le peuple, pour les femmes qui conspirent, pour les oiseaux qui bâtissent leur ville dans les airs. Si ce ne sont pas toujours ceux de *Bacis*, ce sont ceux de *Glanis*, *son frère aîné*. Aristophane pensait que ceux-ci valaient bien les premiers, et c'était un peu de la satire ; mais c'était encore plus de la bouffonnerie.

Enfin pour donner un dernier exemple de la parodie des traditions mythologiques, nous citerons ce Prométhée burlesque, qui, fidèle à son ancien amour pour la race mortelle, vient donner un avis utile aux habitans de Néphélococcygie, et dans sa terreur panique, se couvre d'un parasol pour échapper aux yeux de Jupiter.

Après tous ces déguisemens, toutes ces contrefaçons plus ou moins bizarres, nous devons dire aussi quelques mots de *la parodie littéraire*. Répétons encore une fois que nous distinguons la parodie satirique de la parodie burlesque ; nous n'entendons parler ici que de la dernière.

Alors Aristophane ne songe qu'à s'amuser, et sa plaisanterie innocente

(1) Γάστρων.

n'épargne pas même le divin Homère (1). Tantôt c'est un vers, tantôt c'est un passage de ce poète qui lui fournit le sujet d'une risible application. Dans *les Guêpes*, le vieux juge, pour échapper à la surveillance de son fils, se cache, comme un autre *Ulysse*, sous le ventre d'un âne, et quand on l'arrête dans sa fuite en lui demandant son nom, il se nomme *Personne, de Drasidippe en Ithaque*. C'est un souvenir bouffon du onzième livre de l'*Odyssée*. Le comique parodie de même la tragédie. Pour ne point parler des chœurs qui figurent dans ses pièces, et qui rappellent souvent d'une manière plaisante les chœurs du drame sérieux, que de parodies bouffonnes n'a-t-il pas tirées de tous les poètes tragiques ? C'était *le Cyclope* de Philoxène dont il prêtait le rôle au valet *Carion*, chassant devant lui les vieux laboureurs, comme les bêtes de son troupeau ; c'était *le Bellérophon* d'Euripide, figuré par un cavalier grotesque dont le Pégase, ou pour mieux dire, l'escarbot était à la fin attelé au char de Jupiter, et devait porter la foudre du souverain maître des Dieux. Aristophane, nous l'avons déjà dit, se plaisait beaucoup à parodier Euripide. Dans les Thesmophories, il jouait à sa manière des scènes entières de l'*Hélène* et de l'*Andromède*, en mêlant le rôle même du personnage comique aux rôles de la tragédie qu'il contrefaisait. Ce jeu était fort plaisant pour les Athéniens qui, peut-être, venaient d'assister à la représentation de la pièce d'Euripide. On sait d'ailleurs quelle passion ils avaient pour ce badinage de l'esprit. Un jour, Hégemon de Thasos, que l'on dit inventeur de la parodie dramatique, faisait jouer sur le théâtre d'Athènes sa *Gigantomachie*, quand on vint annoncer les terribles désastres de l'expédition de Sicile. La représentation n'en fut pas moins continuée, et les Athéniens rirent aux éclats. Ils songèrent ensuite aux malheurs de la république.

Il n'est pas nécessaire de rappeler ces nombreuses parodies de détail, parodies de vers et de mots, allusions fugitives qui devaient plaire d'autant plus qu'elles étaient plus soudaines et plus légères.

(1) Homère a fourni le sujet d'un grand nombre de parodies. Timon le Sillographe n'avait pas puisé les siennes ailleurs. Cratinus avait fait une parodie de l'*Odyssée*.

C'en est assez sur le bouffon. Nous savons qu'il est tantôt une expression de la satire, et tantôt une simple inspiration de la gaîté. Nous l'avons examiné dans ces deux rôles ; maintenant on peut le juger. Pour nous, s'il faut exprimer notre avis, nous sommes loin de dédaigner les plus folles bouffonneries d'Aristophane. Qu'on fasse justice des grossièretés révoltantes, nous y consentons, et notre comique lui-même ne s'en plaindrait pas. Mais il est de ces farces triviales et de ces parodies burlesques, dont il ne faut pas trop mépriser l'invention ; elles amusent la populace, mais ne peuvent-elles pas amuser aussi des esprits plus délicats ? Ce qui nous charme dans la bouffonnerie d'Aristophane, c'est cette gaîté de cœur et d'imagination qu'il nous communique presque malgré nous. Molière a fait comme lui, et il a bien fait. *Le sac de Scapin* et les folies du *Mamamouchi français* sont, quoi qu'on en dise, d'amusantes bouffonneries.

Sans doute, si on la compare à la satire ou à l'inspiration poétique, la bouffonnerie est un élément plus grossier, un caractère inférieur du génie comique. Mais encore est-elle un élément comique qui a bien aussi sa valeur. Il y a peu de choses à dédaigner dans Aristophane. *Satirique*, il nous présente une critique ingénieuse de la société Athénienne, de son gouvernement, de ses mœurs, de sa philosophie, de sa littérature, de ses croyances religieuses. *Poète*, il nous charme par la vivacité de ses sentimens et la merveilleuse richesse de ses fictions. *Bouffon*, il nous force à partager la gaîté populaire, en nous faisant rire de ses folles extravagances. Voilà ses principaux caractères. Mais ne séparons plus désormais des élémens réunis par un si heureux mélange ; recomposons ce grand génie à la fois un et multiple. Il faut l'envisager de face et dans son ensemble pour connaître Aristophane.

Les points de doctrine exposés dans cette thèse seront soutenus et éclaircis par Jean-Chrysostôme DABAS, élève de l'École Normale, licencié-ès-lettres, aspirant au grade de docteur, le   Juillet 1832.

J'ai vu et lu. Paris, ce 4 mars 1832.

N.-E. LEMAIRE,

Doyen de la Faculté des Lettres, Académie de Paris

Permis d'imprimer :

L'Inspecteur général des Études,

chargé de l'Administration de l'Académie de Paris,

ROUSSELLE

www.ingramcontent.com/pod-product-compliance
Lightning Source LLC
LaVergne TN
LVHW012002160826
845678LV00002B/674